冰原怪獸

The Ice Monster

David Walliams

大衛・威廉幽默成長小說

神偷阿嬤

臭臭先生

小鬼富翁

巫婆牙醫

爺爺大逃亡

壞爸爸

午夜幫

壞心姑媽

冰原怪獸

鼠來堡

瞪西毛怪

晨星出版

冰原怪獸

The Ice Monster

大衛・威廉◎著
東尼・羅斯◎繪
黃筱茵◎譯

填寫線上回函，
立即獲得 50 元購書金。

ISBN 978-986-443-974-4

CIP 873.59 108023230

蘋果文庫 131

The Ice Monster

冰原怪獸

作者：大衛・威廉 (David Walliams)
繪者：東尼・羅斯 (Tony Ross)
譯者：黃筱茵

編輯：呂曉婕 | 文字校對：呂曉婕、陳智杰
封面設計：鐘文君 | 美術設計：張蘊方、黃偵瑜、鐘文君

負責人：陳銘民 | 發行所：晨星出版有限公司 | 行政院新聞局局版台業字第 2500 號 | 總經銷：知己圖書股份有限公司 | 地址：台北市 106 辛亥路一段 30 號 9 樓　TEL：02-23672044 / 23672047　FAX：02-23635741　台中市 407 工業 30 路 1 號　TEL：04-23595819　FAX：04-23595493 | E-mail：service@morningstar.com.tw | 晨星網路書店：www.morningstar.com.tw | 法律顧問：陳思成律師 | 郵政劃撥：15060393　知己圖書股份有限公司
讀者服務專線：02-23672044、02-23672047 | 印刷：上好印刷股份有限公司 | 出版日期：2020 年 4 月 15 日 | 再版日期：2023 年 8 月 10 日（三刷） | 定價：新台幣 390 元 |
ISBN 978-986-443-974-4 |
Originally published in English by HarperCollins Children's Books.

獻給艾爾飛。

我永遠的心頭肉。

爹地（💋）

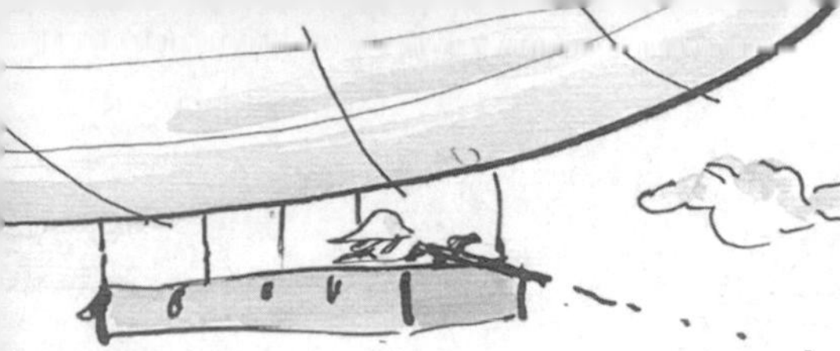

目錄

第一部 倫敦

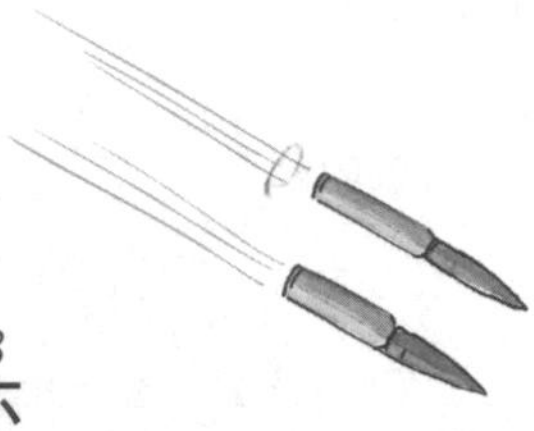

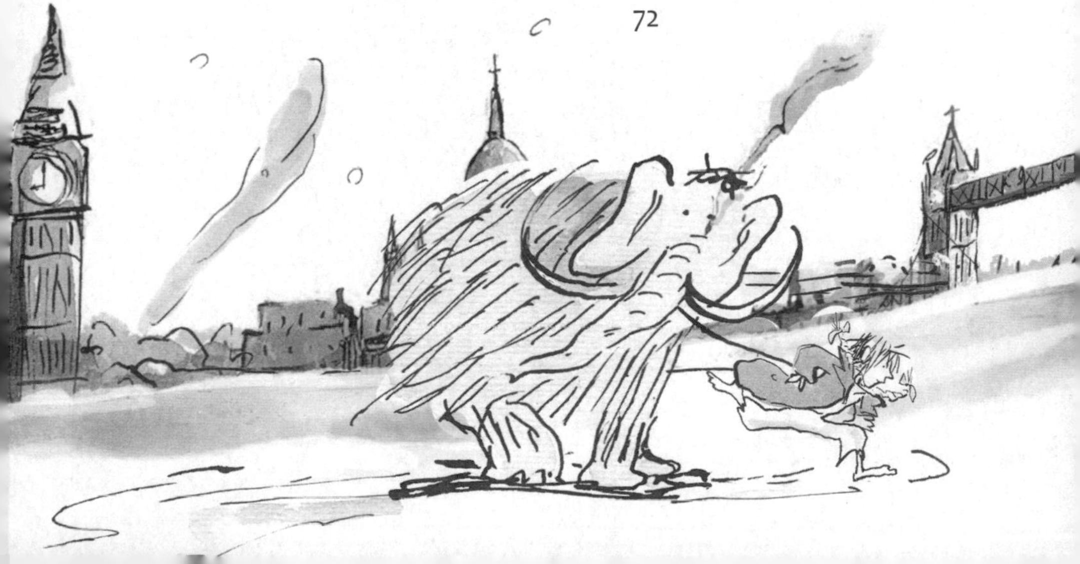

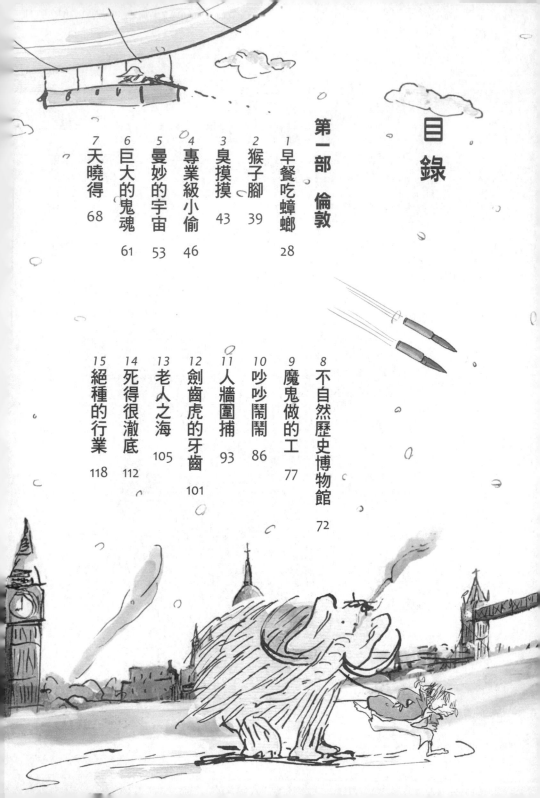

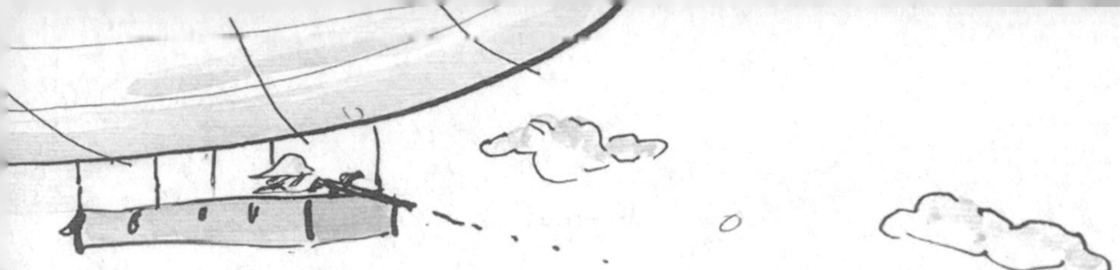

第二部　公海

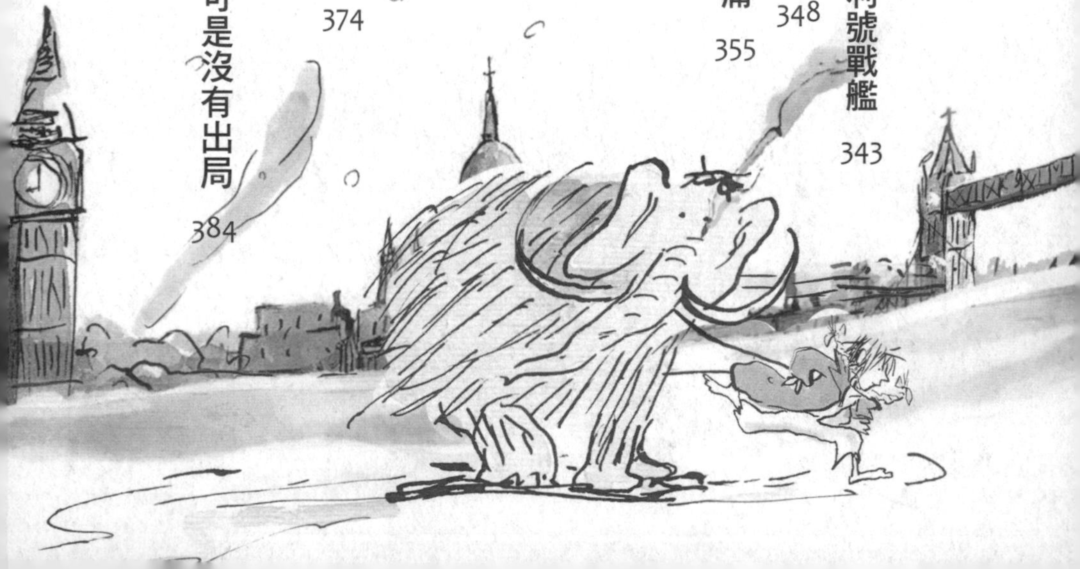

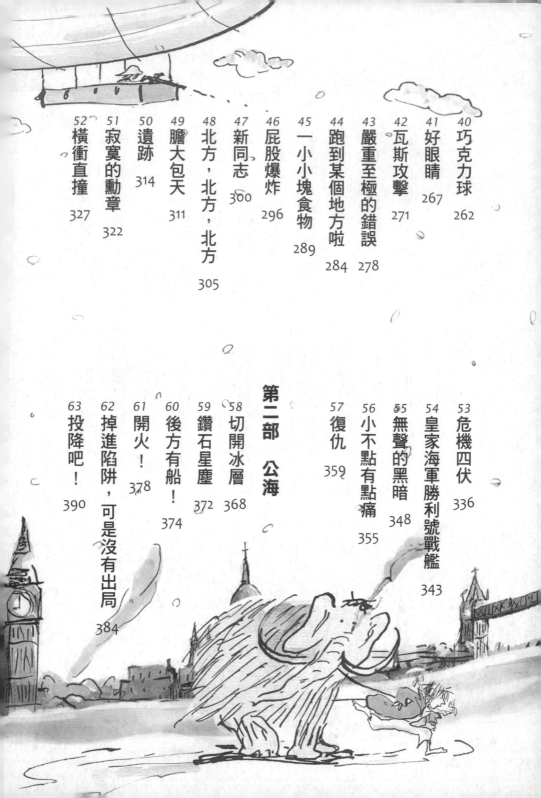

第三部 北極

第四部 家

出版商
瑞秋・丹伍德
出版指導
凱特・伯恩斯
出版指導
哈莉葉・威爾斯
協商編輯
莎曼莎・史都華
創意總監
維爾・
布瑞斯偉特
藝術指導
莎莉・葛瑞芬
設計
馬修・凱立
藝術指導
大衛・麥克杜哥
設計
伊洛茵・葛蘭特
設計
凱特・克拉克
有聲書
唐雅・乎罕
自然歷史博物館

謝謝你們

我想要感謝：

執行出版商

安—嘉寧·默它

插畫超厲害的

東尼·羅斯

文學經紀

保羅·史蒂芬斯

大老闆

查理·瑞德美恩

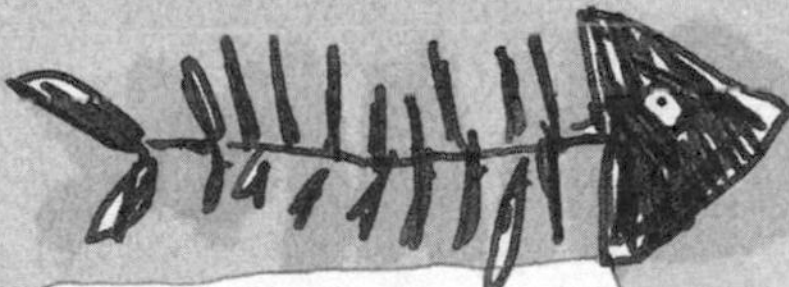

編輯

愛莉絲·布雷克

行銷與人際主管

傑洛汀·史卓德

自然歷史博物館

我們來到1899年

置身於維多利亞時代的倫敦。來見見故事裡的角色們吧……

愛爾西是無家可歸的孤兒，住在倫敦的街頭。

達蒂是自然歷史
博物館的清潔人員，
她跟她的刷子一樣
不靈光。

二等兵湯瑪斯是達蒂的男朋友，
也是英國軍隊史上最矮的士兵。
他的同袍們都叫他「小不點」。
他現在已經退伍了，住在切爾西皇
家醫院，是「切爾西年金老兵」的
一員。

冰蝌蚪太太是經營蟲蟲之家、
又醜又討人厭的老太婆。
蟲蟲之家是
沒人要的小孩的家（謀郎愛小孩收容所）。

敲敲先生是博物館兇悍的警衛，因為穿著釘子靴鏗鏘響而惡名昭彰。

巴克局長是倫敦大都會警察最令人聞風喪膽的頭頭，著名的標誌是他小巧的八字鬍。

多年以前，**教授**是博物館的頂尖科學家，直到他某個實驗發生致命的錯誤為止。

大鉛彈小姐是
具有貴族血統的大競賽獵人。
她橫行整片非洲大陸，
獵殺大象、長頸鹿和獅子，
然後把牠們的屍首
帶回博物館，
做成標本展示。

海軍上將是住在醫院裡
唯一的水手。
他因為喝醉酒、行為不端，被老
水手之家踢出來。

上校和**旅長**也是切爾西
年金老兵。

獨眼的**特等士官長**
管理進出醫院的所有人和
所有事情，你可千萬別忘記！

所有的切爾西年金老兵
全部都歸醫院嚇人的
護理長管理。

維多利亞女王是
大英帝國的統治者。
1899年，她是當時英國有史
以來在位時間最長的
統治者，長達驚人的
62年之久。

阿卜杜勒・卡里姆
一直隨侍在女王身邊。
他是她年輕英俊的印度侍者，
也就是大家所知道的「孟什」*。

* 孟什（Munshi）：老師之意。

雷・蘭克斯特爵士是
博物館胖嘟嘟的館長。

三明治夾板人在街上遊蕩，
試圖說服每一個人
「末日近了」。

船長掌管1899年皇家海軍
最摩登的軍艦之一：
英國皇家海軍阿爾戈英雄號。

黏答答手指幫，一群粗野又強悍的小孩強盜，
他們是倫敦享譽盛名，最厲害的小偷。

拉吉一世擁有他自己的甜食專賣店——
或說是甜點推車。

最後，隆重登場的是……

冰原怪獸，死於一萬年前的長毛象。
這隻毫無生氣的動物是由北極的探險家發現的，
完美的保存在冰磚裡。

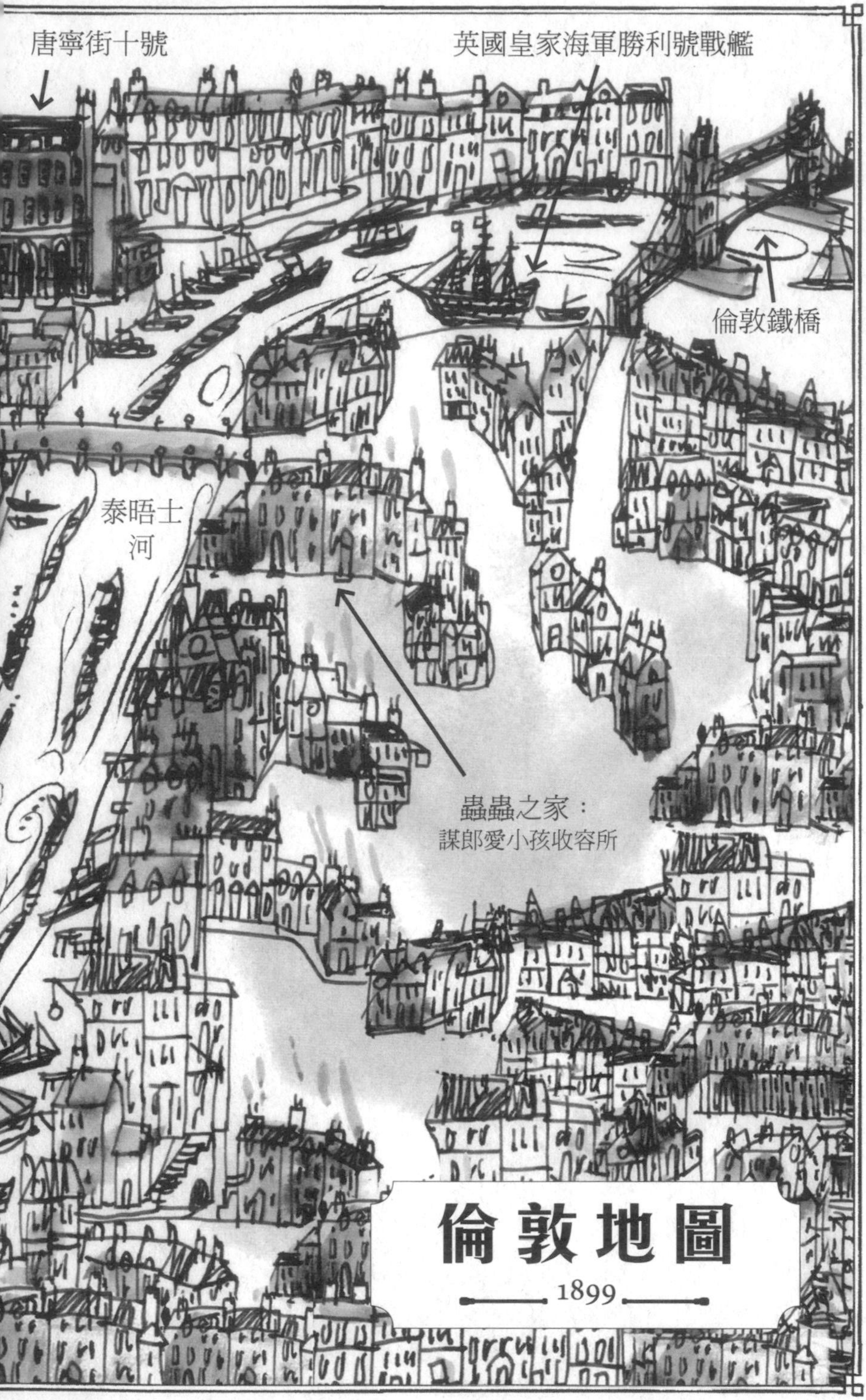
唐寧街十號
英國皇家海軍勝利號戰艦
倫敦鐵橋
泰晤士河
蟲蟲之家：
謀郎愛小孩收容所
倫敦地圖
1899

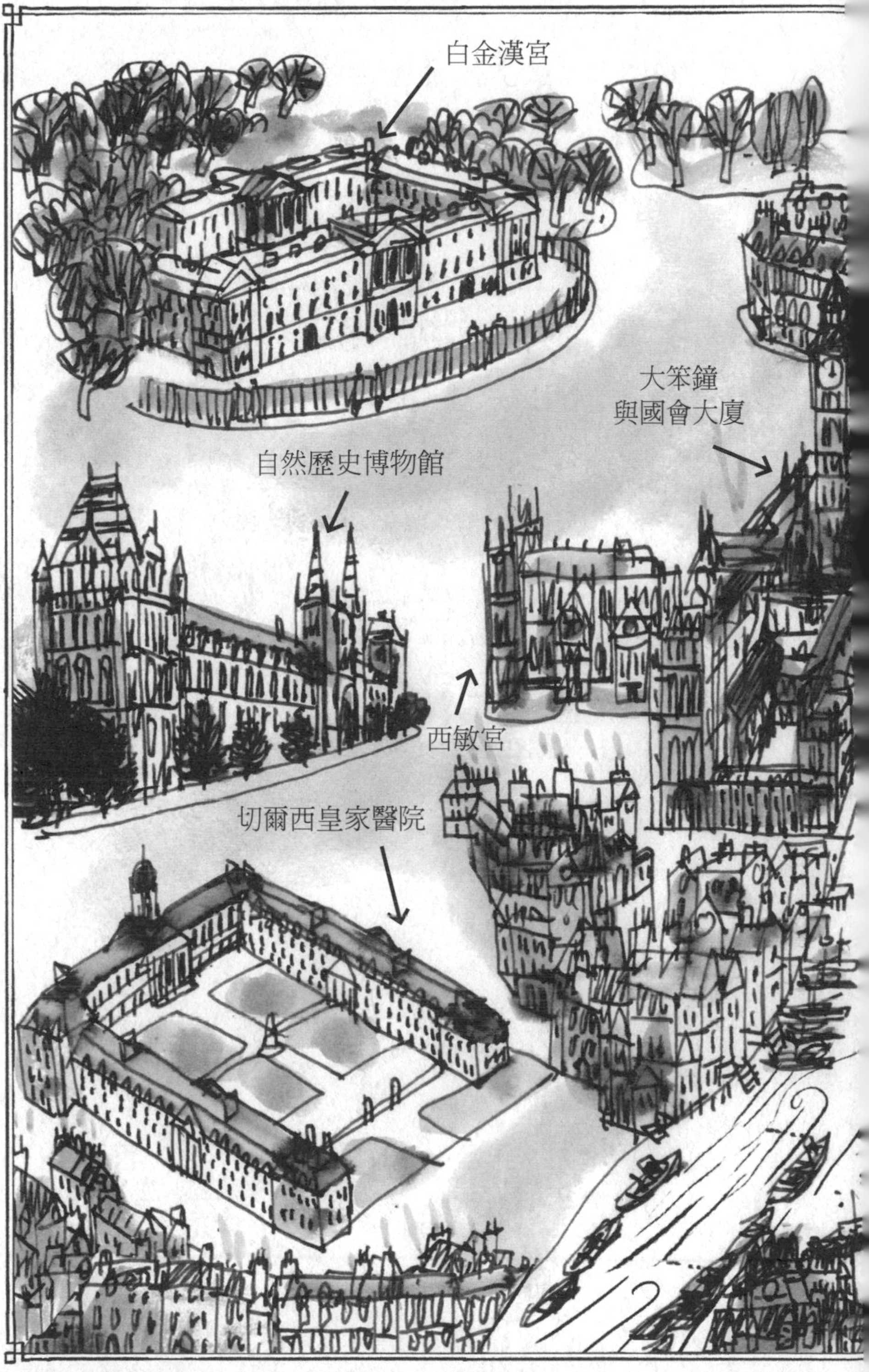
白金漢宮
大笨鐘
與國會大廈
自然歷史博物館
西敏宮
切爾西皇家醫院

第一部

倫敦

1899

1 早餐吃蟑螂

在一個淒冷的冬日夜晚，在倫敦的後巷，有個很小的寶寶被留在一間孤兒院的階梯上。沒有紙條、沒有名字，也沒有線索告訴我們這個小小人兒是誰。只有裹住她的馬鈴薯大麻袋，雪就這樣降落在她的四周。

在維多利亞時代，新生寶寶被遺棄在孤兒院外的事時有所聞，也有可能是醫院外面，甚至是上流階級人家的門外。寶寶的母親們貧困且走投無路，她們希望孩子能被人收養，過著比原生家庭更好的生活。

不過，很難想像還有什麼以這裡爲人生起點更糟的了！那就是蟲蟲之家：謀郎愛小孩收容所。

蟲蟲之家
謀郎愛小孩收容所

蟲蟲之家

有二十六個孤兒住在那裡，全部的人都擠在一間房間裡，那個房間最多也只該睡八個人。小孩都被鎖起來，挨餓也挨揍。不只這樣，他們還被強迫不分日夜的工作。他們得組裝紳士懷錶中的小小零件，直到眼睛瞎掉爲止。

所有小孩都瘦

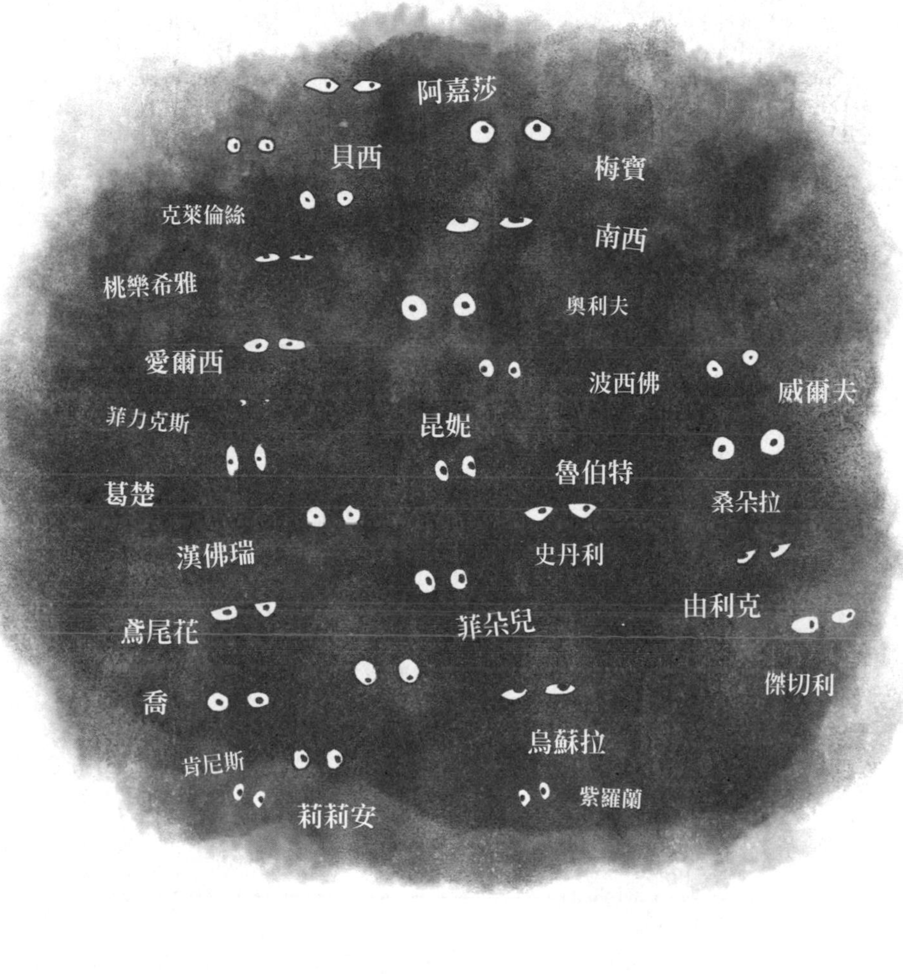

弱不堪，只有髒兮兮的破布可當衣服穿。孤兒們的臉都因為沾滿煤灰而變得黑摸摸，所以你在黑暗裡，只會看見一雙雙渴求希望的小眼睛。

新寶寶來到孤兒院時，所有的大小孩會幫他們想一個名字。他們喜歡按照注音符號的順序取名字，這樣大家的名字就會盡可能的不一樣。裝在馬鈴薯袋裡的寶寶被遺留在台階上的那個晚上，他們正好取到ㄞ。如果她是前一天被發現的，她可能就會被取名為「娥娜」（注音ㄜ），如果她是後一天被發現，他們可能就會叫她「欸哥」（注音ㄟ）。結果，她被取名為**愛爾西**。

這間孤兒院監獄是由一個邪惡的老太婆管理，她名叫冰蝌蚪太太。她總是繃著一張臉，永遠只有那一號表情，而且她從頭頂到腳趾頭都長著疣。她的疣多到就連疣上面都還長著疣。唯一能讓她笑的事，就是聽到小孩哭泣的聲音。

冰蝌蚪太太會狼吞虎嚥地吃掉所有捐給孤兒的食物，所以她照看的小孩的早餐、中餐和晚餐，都只能吃——蟑螂。

「恐怖的蟲子對你們身體有益啊！」她會咯咯笑著說。

如果有任何孤兒在「熄燈」後講話，她就會把她被膿浸溼的一隻舊襪子塞進他們嘴裡，他們得咬住這襪子一個星期之久。

「這東西會讓你保持安靜，聒噪窮孩子！」

等這些小孩睡在冷冰冰的石頭地板上時，她會把扭來扭去的蟲蟲從他們的背後放進衣服裡，這樣他們一醒來就會發出尖叫。

「啊！」

「齁齁齁！整到你們！」

冰蝌蚪太太會臉朝著這些孤兒們打噴嚏……

「哈啾啾啾！」

……然後在他們的頭髮上擤鼻涕。

「啾！好料在這裡～！」

一個禮拜一次的「洗澡」，意思是她會把這些孤兒們一個接一個泡進裝滿蛆的桶子裡。「蛆會吃掉髒兮兮的東西，你們這些小壞蛋！」冰蝌蚪太太會竊笑著說。

爲了晾乾這些小孩，她會用夾子夾住他們的耳朵，把他們沿著曬衣繩晾乾。

啪噠！

有一次，冰蝌蚪太太發現愛爾西的口袋裡有一隻跟她做朋友的寵物老鼠，冰蝌蚪太太把牠當成板球比賽的球來用。

碰！

「唉呀！」

咻！

「出局！」

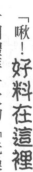

如果她覺得有哪個孤兒對她做了鬼臉，冰蝌蚪太太會用她髒兮兮、又短又粗的手指戳他們的眼睛。

「唉唷喂呀！」

「看你還敢不敢，醜八怪！」

聖誕節時，這些孤兒會得到特別款待，他們會排隊領禮物，是被《大頌歌》這本書摑屁股。

碰！

「聖誕快樂呀，孩子！」冰蝌蚪太太每打一下，就會開心地大喊。

愛爾西在蟲蟲之家苦苦忍耐了十年。唯一讓她撐下去的，就是夢想有一天，她媽媽會神奇地出現，把她拎走。可是她從來沒有出現。隨著這個女孩長大，她就編出愈來愈多關於她媽媽的、不可思議的故事。

說不定，她媽媽是叢林探險家？

或是跟著馬戲團巡迴旅行的特技演員？

或者比這些還要更棒，是一個在公海冒險的女海盜？

每天晚上，愛爾西都會幫她的孤兒夥伴們編床邊故事。隨著時光流逝，這個女孩變成一個很厲害的說故事高手，她擄獲了院裡所有小孩的心。

「然後媽媽發現自己置身在一個好黑、好黑的地方，就

在一隻超巨大的藍鯨肚子裡……」

「媽媽從食人族手中逃脫了，那可一點也不簡單唷，因爲他們已經呑掉了她的左腿……」

「**轟**！媽媽很驚險地把炸彈扔進了泰晤士河裡，所以沒有人死掉。而這些都是祕密探員在一天之內解決的所有任務。劇終。」

當晚上的故事說完時，其他的孤兒們會大喊……

「再講一個啦！」

「我們還不想睡覺嘛！」

「拜託嘛，愛爾西，再講一個故事就好！」

有一天晚上，這些小孩一直鼓譟著要愛爾西再講故事，鬧到把冰蝌蚪太太都吵醒了。

「不准！再講！故事了！
你們！這些！討人厭的！小野獸！」

冰蝌蚪太太大發雷霆，每講一個字，就用掃帚猛打愛爾西。塞在她嘴裡那被膿浸溼的長筒襪，只遮掩了女孩一半音量的尖叫聲。

「唉唷喂呀！唉唷喂呀！唉唷喂呀！」

這頓劇烈的毒打讓愛爾西不確定自己能不能活下來。她小小的身體全身都是傷，滿布瘀青，這個女孩知道，她要是不逃走，一定會**死**在這裡。

2 猴子腳

所有有辦法潛入蟲蟲之家的老鼠和鴿子愛爾西都很愛，如果她有任何食物，就會跟牠們分享，而且她還會照顧任何動物受傷的翅膀和腿。牠們會挨在她身邊答謝她，這會讓愛爾西感覺比較不寂寞。在她心裡，愛爾西覺得自己與這些動物們有很緊密的聯繫，雖然冰蝌蚪太太稱這些動物們爲「害蟲」。對她來說，這些小生物就跟她一樣，孤孤單單地待在這個世界上。

愛爾西注意到，有個水管連接至天花板，老鼠們會沿著那一道有裂縫的水管碎步往下爬進孤兒院。

愛爾西和其他孤兒們有個不同的地方，就是她的腳。愛爾西的腳一點也不普通。她有猴子腳。

她的腳趾頭又長又厚，還可以像手指一樣抓握東西，這有一個好處，就是讓攀爬變得簡單得不得了。一天夜裡，當所有人都沉沉入睡時，愛爾西沿著水管攀爬，一路查看老鼠們到底是從哪裡竄進來。就跟她先前猜想的一樣，牆壁頂端有一個老鼠身形大小的小洞。

從此以後，每天夜裡，熄燈以後，愛爾西就用她的猴子腳爬上水管。爬到最頂端，用指甲扒掉磚牆。一晚又一晚，她扒了又扒，把洞弄得愈來愈大。

我扒！我扒！我扒！

最後，這個洞正好大到足以讓愛爾西小小的、營養不良的身體擠過去。可是，她不能不跟她二十五個朋友們說再見就離開蟲蟲之家。

「醒醒呀！」她輕聲呼喚著。黑暗中一雙又一雙的小眼睛紛紛出現。「我今天晚上要逃走了，有誰要跟我一起走？」

一·片·寂·靜。

「我說：『誰要跟我一起走？』」

只聽見竊竊私語的聲音，像是：「我太害怕了。」還有「冰蝌蚪一定會宰了我們。」還有「他們會抓到我們，然後把我們打死的。」

這群小孩中最小的一個孩子名叫南西。她抬頭望著愛爾西，就像愛爾西是她的大姊姊似的。南西低聲說：「你要去哪裡？」

「我不曉得，」女孩回答。「哪裡都行，只要不要留在這裡就行了。」

「請你不要忘記我們喔。」

「絕對不會的！」

「你保證？」

「我保證，」愛爾西說。「將來有一天，我一定會再跟你們所有人見面的——我知道我會的。」

「我會想念你的故事。」另一個孤兒菲力克斯說。
「我也是。」波西佛也說。
「等下一次我見到你們的時候，會講全世界最棒的故事給你們聽。」
「祝你好運，愛爾西。」南西說。
「你們會永遠都在我心上的。」愛爾西一面拍著胸膛一面回答。
這個女孩最後一次用她的猴子腳跳上水管。她將身體擠進牆上的洞，扭動了一下後就消失不見了。

3 臭摸摸

愛爾西跑呀跑呀跑，用她最快的速度往前跑。她不敢回頭看，她自由了，不過卻獨自一人。她在這之前從來沒有踏出過孤兒院一步，但現在她得在倫敦的街道上靠自己生存了。大城市很可怕，對小女孩來說尤其如此。每個角落都潛伏著**危險**。

不過，很快的，愛爾西就學會了從市場的攤位上偷食物。至於床鋪嘛，她找到一個老舊的錫製浴缸睡在裡頭，用舊報紙當床單。在她心裡，愛爾西想像這座浴缸是女王睡的四帷柱豪華大床。

因爲沒有家或是家人，愛爾西就是眾人所稱的「髒小鬼」。維多利亞時代的倫敦四處都是這樣的人。

髒兮兮愛爾西

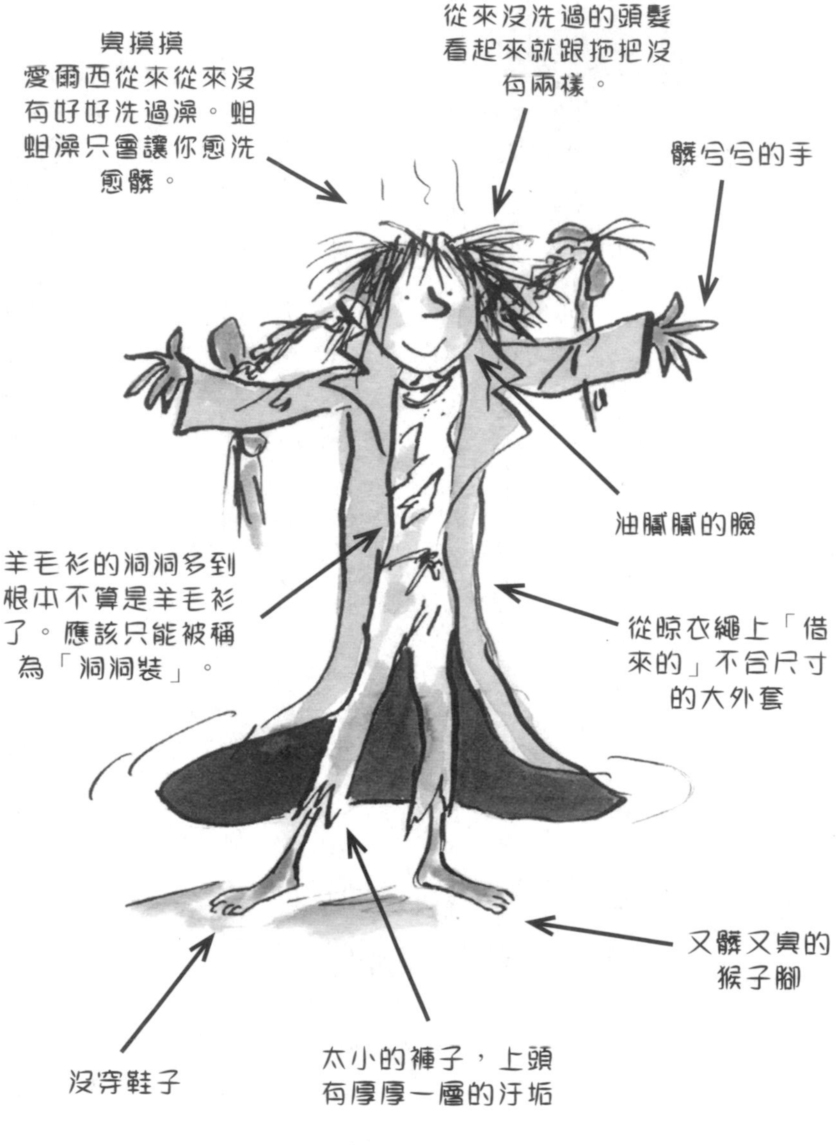

臭摸摸
愛爾西從來從來沒有好好洗過澡。蛆蛆澡只會讓你愈洗愈髒。
從來沒洗過的頭髮看起來就跟拖把沒有兩樣。
髒兮兮的手
油膩膩的臉
羊毛衫的洞洞多到根本不算是羊毛衫了。應該只能被稱為「洞洞裝」。
從晾衣繩上「借來的」不合尺寸的大外套
又髒又臭的猴子腳
沒穿鞋子
太小的褲子，上頭有厚厚一層的汙垢

愛爾西看起來不怎麼像英雄。
不過，你很快就會發現：
英雄有各種**身高**，
各種**體態**。

4 專業級小偷

「快來看！在北極發現冰原怪獸！」

住在倫敦街頭有些好處。你可以睡在星空下，可以吃到所有你有辦法偷到的新鮮蔬菜水果。最棒的是：你是第一個知道所有事情的人。新鮮事傳得可快了，這可是**大**新聞。

因爲從來沒上過學，愛爾西不會看書，也不會寫字。不過反正賣報紙的小販會大聲對路過的人們喊出報紙上的標題。

倫敦標準晚報
世紀大發現！
北極發現冰原怪獸！
倫敦標準晚報
埋葬
在冰裡
的
怪獸！
倫敦標準晚報
創造新歷史
挖掘出
早已死去很久的
冰原怪獸！
倫敦紀事報
凍結的
冰原
怪
泰晤士報
冰原怪獸
根據專家說法已有
一萬歲了！

這是真的嗎？

活生生的怪獸？

而且有一萬歲？

愛爾西的年紀大到知道怪獸不是真的，但同時也小到相信這件事說不定是真的。

這個女孩剛剛才從市場攤位上偷了一顆蘋果當早餐吃。她正大口滿足地嚼著蘋果，閃過一群戴著高禮帽、準備前往上班的紳士們，一直到她走到報紙攤前。

「滾開，你這個小小偷！」賣報紙的小販大吼。他將《泰晤士報》捲了起來，往女孩的後腦勺打下去。

碰！

如果你是髒小鬼，你每天都會被大人們敲腦袋，因爲是位於低階層中的最低層。不過比起在蟲蟲之家被掃帚搥打，這至少是個令人接受的改變。

「我只是想看嘛！」愛爾西懇求道。

「這些報紙不是讓人看的，是讓人買的。馬上給我消失！否則我就在黑摸摸的地方賞你一腳！」

愛爾西可不喜歡被靴子踢

屁股，她對男人笑了一下，就慢慢地沿著街道溜掉了。她轉進小巷裡，把手探進髒兮兮的長褲後面，抽出一份《泰晤士報》。這個女孩早就成了偷東西的專家了。

報紙的首頁印著**大大的黑體字**。愛爾西曉得這些是字，只是對她而言像鬼畫符。不過，下方的圖畫她看得懂，那是一隻很像大象的獨特生物。

有一次，爲了免費觀賞一場表演，她把頭探過一座馬戲團帳棚的翻幕，看到了一頭大

象在表演特技。不過報紙上的這頭大象覆蓋著厚厚的長毛，而且有著又長又彎曲的象鼻。牠被封在巨大的冰塊裡，好幾位北極探險家個個表情驕傲，圍繞在牠身邊。雖然這隻生物長相怪異，愛爾西卻沒辦法把這個可憐的東西想成怪獸。怪獸會讓人感到害怕，但這隻生物，會讓人想**擁抱**牠。

牠的體型看起來比在馬戲團看到的大象小很多，也許牠是寶寶。雖然牠已經死去好幾千年，看起來依舊孤苦伶仃。

「牠是孤兒，」
愛爾西輕聲對自己說。
「跟我一樣。」

5 曼妙的宇宙

做爲一個髒小鬼，愛爾西總是置身在外觀察，每天都會看到另一個倫敦在她身旁流轉。

馬車沿著街道加速離開。

穿著制服的孩子們大步離開家門去上學。

離開皇家歌劇院的仕紳淑女們從她身上跨過。

愛爾西腦袋瓜裡永遠充滿疑問。

每個人走這麼快是要上哪去呢？

麵包店櫥窗裡，那些看起來美味極了的蛋糕，吃起來到底是什麼味道？

那些宏偉的建築物裡，又有些什麼？

有一天，女孩決定踏出她的世界，進入另一個世界。

愛爾西站在這當中最宏偉的一棟建築物前——自然歷史博物館。

她試著要走進去時，立刻被穿著釘子靴的冷酷警衛——敲敲先生——給扔了出來。

「我可不想要像你這種**髒兮兮**的乞丐來惹麻煩。」他一面把她拖下樓梯，一面大吼。

愛爾西可不是這樣就會輕言放棄的人，她偷偷跟在一群吵吵鬧鬧、戴著高禮帽的紳士們背後溜了進去。

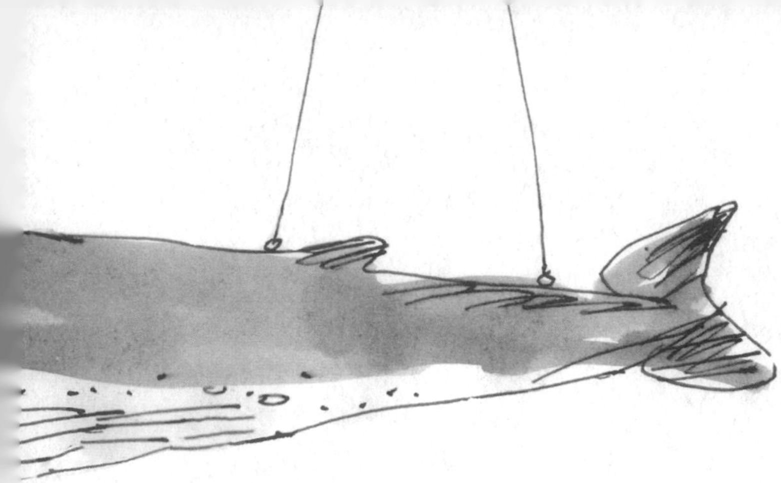

隕石……

寶石……

滿布灰塵的舊書，上面都是遙遠的土地上，各種動物的美麗圖片……

史前時代人類的木雕……

還有從地板一直延伸到天花板的圖畫，上面畫著各種早已絕種的生物。

進去以後，女孩馬上爲眼前的**曼妙宇宙**感到讚嘆。

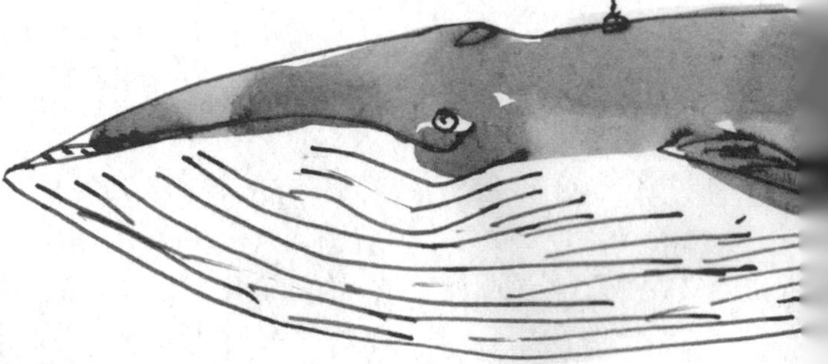

博物館眞是個藏寶箱啊，有實體大小的鯨魚模型……

動物標本……

恐龍化石……

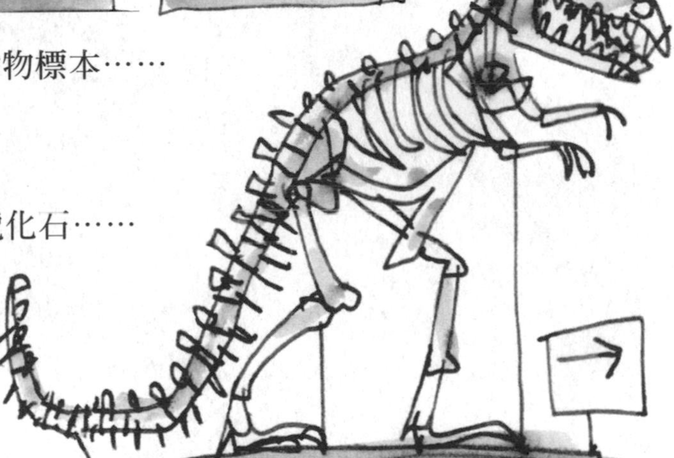

沒有多久，她開始天天溜進博物館裡。愛爾西看不懂字，可是她靠著偷聽導覽人員們的講解，很快就變得跟專家差不多了。所以，她看見報紙頭版「**冰原怪獸**」的照片時，立刻就知道那其實是一隻**長毛象**。愛爾西曉得這些生物生活在**冰河時期**，那時候劍齒虎、巨大的熊、樹懶，

還有河狸都在地球上遊走，

還有像始祖鳥這樣的鳥類，那是一種比人類還大的鳥，大到能遮蔽天空。

愛爾西熱切地關注**冰原怪獸**，所以每天早上她都會去偷一份報紙，尋找這個生物的消息。好幾個禮拜過去，有一天，她瞥見一堆字母，她認出報紙頭版上的那幾個字。

它們看起來就跟她最喜歡的那棟建築物牆壁上的字一模一樣。

愛爾西知道她必須見見牠。

6 巨大的鬼魂

冰原怪獸被發現不久，倫敦就陷入最**酷寒**的嚴冬。刺骨的風帶來一陣又一陣的雪。沒有多久，整座城市就像躲進了一片厚厚的白帳中，悄然無聲。泰晤士河凍結了。

在這種天氣下，像愛爾西這種無家可歸的小孩們，常會就此長眠於門廊前。他們會進入夢鄉，然後再也不會醒來，直到黎明時分被人發現，臉上覆蓋著一層霜雪。

可憐的愛爾西在她的錫浴盆裡縮成一團，她蓋著一堆報紙，試圖保持溫暖。她看著自己的雙手，它們凍得不停顫抖，顏色變得鐵青。女孩幾乎要想念起蟲蟲之家了。幾乎啦，可是不完全是。

愛爾西在準備打烊的時間溜進自然歷史博物館，就在一群修女身後，這樣警衛才不會看到她。一旦進到裡頭，她沿著長長的走廊疾走，經過掛在金屬線上、看起來有如巨大鬼魂的恐龍骨頭，最後終於找到一座沒有上鎖的櫥櫃。她爬了進去，關上櫃子的門。那是一座清潔櫃，小到沒辦法讓你躺下來，所以她就站著睡覺，把頭靠在幾枝拖把間。她看起來跟拖把也差不多，一身皮包骨就像耙子，上方是一叢打結的頭髮。

愛爾西確信沒人會發現她在那裡——可是她錯了。

第二天一大清早，在黎明到來以前，愛爾西就被吵醒了。一位清潔女工打開了櫥櫃的門，女人打了一個哈欠，抓起她眼前第一根「拖把」。事實上，那是愛爾西。

「啊啊啊！」女士尖叫。

「啊啊啊！」女孩尖叫。

愛爾西被揪住脖子。

「你不是拖把！」女士說。

「不，我是女孩。」

「你在我的清潔櫃裡做什麼？」

「我在睡覺啊，我不想被凍死。」

「不，你當然不想。」

愛爾西倒抽了一口氣。

「你會去舉發我嗎，小姐？」

清潔女工做了女孩最料不到的事。

她微笑了。

大部分的時候，成人都殘酷地對待像愛爾西這樣的髒小鬼。但

這位女士沒有這麼做，她不一樣。

「不！你不會去舉發我，對吧？」女士問。

「舉發你？」女孩回答。愛爾西感到非常疑惑。

「我也許會因爲這件事丟掉工作耶。」

「不會，不會，不會。**永遠都不可能**。我不是抓耙仔。」

「謝天謝地，我也不是。你叫什麼名字？」

「愛爾西。」

「我是達蒂，有人說我的個性也很阿達。你是小孩子嗎？」

女孩很困惑，她以爲答案很明顯。「對呀。」

「我問這個只是因爲你比我的紳士朋友還要高。」

「他多高？」

「小不點比你還矮耶。那不是他的眞名啦，是其他士兵們都那樣叫他。」

「他幾歲呀？」

「七十三。」

「他縮水了嗎？」

「沒有啦，是天生就那樣。」

達蒂從口袋裡拉出一張折了一小角的相片。「這就是小不點。」

愛爾西看著相片。應該是滿久以前拍的相片了，相片上是一個穿著制服的年輕士兵，舉著一把比他還要高的槍。

「他個子好小。」女孩說。

「他本人比相片裡高大啦。」

「我猜也是。」愛爾西回答。

「他是我的**英雄**！」達蒂一邊親吻相片一邊說，然後才把相片放回口袋。

「所以，我想你一定餓了。」

女孩點點頭。「餓扁了！」

愛爾西永遠都覺得餓，餓到她的肚子都痛了。達蒂把手伸進去另一個口袋裡。

「拿去吧，吃我打包好的午餐。麵包和肉油。」

愛爾西微笑著接過食物。她把一塊麵包撕成兩半，把其中一塊麵包還給眼前這位女士。兩個人都爲彼此的好心覺得感動。

愛爾西貪心地吃掉她那一半的麵包。只不過是麵包和肉油[1]而已，對她來說卻是天上聖品。

「你爸媽呢，小傢伙？」

「不知。我從沒見過他們。」

「這樣說來，你是孤兒囉？」

「應該是。」

「眞可憐。」

「爲自己感到難過沒有用，我得活下去。」

就在那一刻，她們兩人都聽見沿著走廊出現，**啪啪啪**的腳步聲。

喀噠喀噠喀噠！

女士把手指舉到唇邊，做出「別出聲」的動作，然後很快地關上門。

1 肉油就是烹煮過的肉的油脂。

7 天曉得

愛爾西盡可能在清潔櫃裡安靜不動。隔著櫃子的門，她聽得見大人在爭論的聲音。

「達蒂，你在跟誰講話？」一個**如雷貫耳**的聲音說道。

「只有我的拖把和刷子啦，敲敲先生，閣下。」達蒂回答。

「天曉得，達蒂！」男人斥責。「身爲博物館的保全主管，我命令你打開那扇門！」

「我沒辦法。」

「你這是什麼意思，你沒辦法？」

「我的手都變得軟趴趴啦。」

「你的手變得軟趴趴又是什麼意思？」

「拖太多地囉！」

「嗯，那就我來打開。」

「如果我是你，就不會打開。」

「爲什麼？」

「因爲我剛剛才在那裡頭放了炸彈啊！」

「你什麼！」

「我在櫥櫃裡放了個超大的屁，這樣所有動物標本就不必聞到那個味道了。眞的很臭喔！臭到會讓牆壁上的油漆都剝落。」

「那不能解釋你爲什麼在講話。」

「我在跟我自己的屁股講話啊。」

「你在跟你的屁股講話？」

「這樣我才能痛快地罵它一頓啊，敲敲先生，閣下。」

愛爾西得把她的手摀在嘴巴上，好阻止自己大笑出聲。這位女士眞是鬼靈精怪。

「我這輩子從來沒聽過這麼多胡扯的事！」敲敲先生怒吼。「現在給我讓開，女人，否則我就不得以要使用……暴力了！」

女孩聽見了輕微的扭打推擠聲。

「啊！」

「唉唷！」

「別踩我的腳啦！」

然後，愛爾西用最快的速度，移動到拖把和刷子後面，隱身起來。

門被推開了

8 不自然歷史博物館

敲敲把身子探進又黑又髒的清潔櫃裡，他魁梧的身軀擋住了整個門口。他腳上穿著巨大的釘子靴，亮到你都可以當鏡子照了。男人摀住鼻子。

「這裡眞的好臭！」

那是愛爾西的臭味。

「跟我的屁股說吧。」達蒂回答。

就在這個時候，有樣東西吸引住敲敲先生的視線，就在拖把與刷子之間。

「這是什麼？」他指著女孩露出來的頭髮說道。

「那個嗎？」達蒂天真地問道。

「對，那個。」

「噢，那個呀！那是我新的眞髮拖把。」

「眞髮拖把？」敲敲問。

「對呀。超適合用在平常拖把搆不著的地方，像是恐龍化石的腳趾骨頭之間呀。」

「我沒辦法再忍受這**臭味**一分一秒了。」男人說著，眼睛流出了眼淚。

「我警告過你了吧，敲敲先生，閣下。我放的臭屁炸彈夠厲害了吧。」

「這東西應該要擁有一個自己的博物館，」敲敲想著。**「不自然歷史博物館。」**

「太棒了，敲敲先生，閣下，」她一面甩上門，一面說。「跟你談話總是很開心，不過啊，如果能容我告退的話，我得去好好清理那些渡渡鳥的蛋。」

「達蒂？」

「是的？」

「你需要好好照顧一下你自己的屁股才對。」

「我會去買一個軟木塞的。」

「這樣的話我們都需要戴錫製頭盔了，以免你爆掉。」

「敲敲先生，您說得很有道理。我會想到解決辦法的！」

「快去工作！」

「你才**快去工作**咧！」

「除非你去工作，我才能去工作。」

「嗯，你叫我去工作就是在阻止我去工作。」

「快去工作！」男人鬼吼一聲。

「達蒂拿起她的拖把，開始清潔地板。她故意把髒拖把拖到他擦得亮晶晶的釘子靴。

「我的靴子！」他大喊。

「哎呀！抱歉！」

「蠢老太婆！」

「拜託，沒那麼老欸，敲敲先生。」

「我要爲了訪客們擦亮我的靴子。」

「對啊，他們全都是爲了這個原因來到自然歷史博物館來的呀，敲敲先生，閣下。他們不是來看恐龍骨頭的。他們只是想看從你靴子中反射出來的臉。你最好把鞋子擦亮一點，好好擦個乾淨。」

敲敲沿著走廊大步離開前，惡狠狠地瞪了清潔女工一眼，然後繼續去找別人麻煩。

喀噠喀噠喀噠！

過了一會兒後，達蒂才打開櫃子的門。

「呼！」愛爾西說。「好險。」

「如果我猜得沒錯，敲敲還會再回來。」

「我最好趕快離開這裡。」

「你確定你會沒事嗎？」

「別擔心，今天晚上我會找另一個地方躲。」

「你確定要這樣嗎？」

「我確定。」

「市民很快就會三三兩兩地進來了，現在是溜出去的好時機。」

「我得問你一件事。」

「什麼事，甜心？」

「你爲什麼對我這麼好？」愛爾西問。

「爲什麼不呢？」達蒂回答得很簡單。

這兩個人相視微笑，然後女孩就沿著長長的走廊，緩步離開。

「好好照顧自己唷，小傢伙，」清潔女工在她身後喊著。「請你儘早回來看我。」

「我會的。」愛爾西回答。

而她眞的會好好照顧自己。

9 魔鬼做的工

每天早上，愛爾西都會查看報紙，尋找更多關於冰原怪獸的消息。好幾個星期過去了，有一天，她聽見戴著布帽的小販們紛紛從他們的攤位大聲喊著……

「冰原怪獸要從泰晤士河航行過來了！」

「冰原怪獸今天會出現在倫敦！」

「冰原怪獸會來到博物館被保存在冰塊裡唷！」

女孩的心臟噗通噗通，興奮地跳動著。

在遙遠的北極，長毛象和那巨大的冰塊——牠是在冰塊裡被發現的——被放進一個塞滿雪的木箱裡，裝載到捕鯨船上。然後，牠會從北極被轉送到數千英里外，一路送到泰晤士河的出海口。

接著，牠會從那裡往上游航行送往倫敦，最後到達目的地——自然歷史博物館。這艘捕鯨船由英國海軍艦隊沿著泰晤士河護送，都是閃閃發亮的新船，沿途破冰，開拓安全的航道。

冰原怪獸受到超級**盛大**的歡迎，彷彿有一位國王或女王來訪英國

似的，好幾千名倫敦人一路沿著河岸排列，只爲了看一眼這隻生物，身歷其境地參與這個歷史性的重大場合。

愛爾西個子很小，有辦法從大人們的腿底下爬過，她使勁爬到最前面。在那個位置看得到捕鯨船，還有裝著那生物的，簡直像是棺材的巨大箱子。

船隻經過後，愛爾西跑步穿越倫敦，直衝往博物館。以街頭爲家的她，對城市裡的巷弄瞭若指掌。她衝過後巷、穿過花園、爬下隧道、跳上屋頂，甚至跳到出租馬車的後方，好在怪獸抵達以前先到達

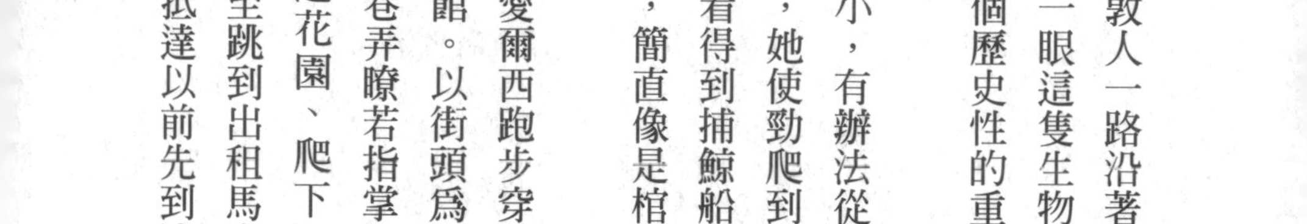

那裡。

一排警察手勾著手，在博物館前形成一道牆，倫敦人則一擁而上，想一睹由五十匹壯馬拖拉的馬車所載運的木箱。

「萬歲！」群眾們歡呼。

可是有個大喊的聲音與大家背道而馳。是一位留著長鬍子的老人，肩膀上掛著很大的三明治看板，板子上印飾著「末日近了」幾個字。他高舉著一本聖經，大喊：「這是魔鬼做的

工。預言成真了。怪獸來了！末日近了！」

愛爾西拉著他的外套說道：「先生，那不是怪獸——牠是一隻長毛象。」

老人用聖經敲了她的頭一下。

啪噠！

「壞孩子！」

愛爾西擠過他身邊，一面從他口袋裡拿走一大塊發霉的起司。她才剛到博物館大門邊，就被一個警察推了開來。

「滾開，你這個討人厭的髒小

鬼！」他咆哮著把她拽到旁邊。

「唉唷喂呀！」她跌在地上大喊。

「這裡不歡迎你這種小孩，現在快點閃開！」

身爲低階級人口中最低階的人，愛爾西早就習慣被人拒絕，可是她意志堅定，她才不會乖乖接受「不」這個答案。所以她攀爬上一位紳士的外套，接著踩上他的高禮帽。

咯吱！

在紳士出聲音大叫前，她已經從他的禮帽上跳到旁邊一棵樹的樹梢上。

啪！

憑著她的猴子腳，愛爾西輕輕鬆鬆地一路往樹上溜，站在最高的枝頭上。在那，她看到有一百個人把箱子從馬車後面卸下來。他們用很粗的繩索，把箱子抬上石階。

博物館的木製大門已經從鉸鍊上拆除下來了。這時那一百個人開始把箱子推過門口，群眾靜默無聲。有辦法不拆掉**自然歷史博物館**這幾個字的門面，就進得去裡頭嗎？

箱子正好擠過去時，一陣歡呼聲響起。

「萬歲！」

不久，群眾開始竊竊私語，因爲有位非常重要的訪客今天會到博物館來見證揭幕儀式。

「她要到這裡來？」

「誰啊？」

「你知道的嘛！」

「噢，我的老天爺！」

「不是她吧？」

「對呀，就是她！」

「她不是好幾個世紀沒出現過了嗎？」

「她現在好老囉。」

「這一定是一件很隆重的事。」

「早知道我就買一頂新帽子啦！」

真的，不消再一個鐘頭，街上就迴響著小喇叭的聲音。

所有人全部轉頭去看一輛金色馬車沿著道路緩慢前進。在馬車前頭，穿著制服的士兵們騎在馬背上吹著小喇叭，宣告著馬車內非常重要的人士即將駕到。

叭啦 嘟嚕嚕嚕 嘟嘟

維多利亞女王

10 吵吵鬧鬧

這一天將會記載在歷史中，所以全世界最有權力的人也在場是再適合不過了。**維多利亞女王**不僅是大不列顛與愛爾蘭的女王，還是橫跨整個地球的大英帝國的君王。她有一個頭銜是「印度女皇」，雖然她本人從來沒到過印度。

這是一個不同凡響的時代。

當群眾一知道一個統治他們超過六十年的女人——他們的女王抵達了。人群中突然掀起一陣狂野的歡呼聲，紛紛把帽子拋到空中。

「萬歲！」

金色馬車轉向右方，好通過博物館的大門，愛爾西趕緊把握機會。在天空滿是黑壓壓的帽子時，從樹梢上跳了下來……

啪！

碰！

降落在女王的馬車車頂上。

滿是噪音和騷動，似乎沒人注意到這個超嚴重的維安問題。

愛爾西在馬車車頂上躺平，這樣她才不會被人看見。在一八九九年的時候，任何在沒有受邀

的狀況下，就膽敢離女王閣下這麼近的人，很有可能為此付出龐大的代價，賠上自己的生命。

馬車加速駛向博物館，在石階前端停了下來。愛爾西把頭稍微抬高了一點，朝馬車旁偷偷張望。

好幾千張臉龐抵著鐵欄杆、張大嘴巴吶喊他們對女王的擁戴。

「萬歲！」

女王跨出馬車時，車輛微微晃動了一下。女王看起來又老又虛弱，她腳步踉蹌走上石階，一名包著頭巾，容貌英俊的印度侍從攙扶著她。她從頭到腳的服飾都是黑色的，神情肅穆。那是因

爲她正在服喪，深切地悼念她的丈夫——亞伯特王子——即便他幾乎在四十年前就已經過世了。爲了不讓群眾失望，女王緩緩轉過身來，對他們文雅地揮揮手致意。

「萬歲！」

當所有視線都盯著這位皇家貴賓時，愛爾西從車頂滑下來，將身體壓低，蹲在馬車旁。她躲在一個車輪後方。

群眾吵吵鬧鬧的聲音一定是嚇到馬兒們了……

咿—咿—！

……馬車向後滑動了一點點。愛爾西心想，她就要被馬蹄踏死了，不過這時車伕抽了一下馬鞭……

啪！

……然後他對馬下令……

「嚇！」

馬匹一陣劇烈晃動後停了下來，愛爾西如釋重負地鬆了一口氣。

女孩從她的藏身處看著博物館館長鞠躬迎接女王，館長是發福的雷・蘭克斯特爵士，他領著女王進入博物館。

巨大的木門在她身後關上。

碰。

現在愛爾西感覺不太妙。她舉目所及都是警察的腿。她要怎麼在沒有任何人看見她的情況下，進入那間博物館？愛爾西實在太想進去了，可是她成功進入博物館的機會，簡直比成爲下一任坎特伯里大主教的機會還要小。

她還在思考下一步該怎麼做時，最不樂見的事情發生了。馬車駛離了，愛爾西這下子無處可躲，只剩周遭的空氣遮蔽著她。

還有什麼比躲在空氣後更糟糕的呢？其他同樣糟糕的東西還包括：

七葉樹的果實 

彈珠 

黃蜂 

兔子便便 

豌豆 

跳蚤 

一粒灰塵 

阿米巴原蟲 

一顆阿米巴原蟲的便便

隱形人 

愛爾西這下麻煩大了。

11 人牆圍捕

「哈哈哈！」自然歷史博物館外的人群發現這個髒小鬼時，全都放聲大笑起來。

警察們都很疑惑地四處張望。

「在那裡！」

群眾指著女孩，警察們終於發現就在他們眼皮底下的人。

他們把這位不速之客團團圍住，然後步步逼近女孩。

在街頭生活這麼久，愛爾西對逃離警察並不陌生，或說是逃離

「條子」，那些多數時間都在忙於逃離警察的人，都這麼稱呼警察。

警察們彎下腰，伸長手臂想抓住她，愛爾西當然一定會嘗試從他們的腿間逃跑。

「逮到你了！」警察總監巴克局長咆哮。他塊頭很大，嘴唇上方長著迷你的、小小一撮的八字鬍。

圍捕的圈圈愈來愈小。

警察們手勾著手，形成人牆。

愛爾西無路可逃。

看見掛在他們腰帶上的警棍，她突然閃現一個大膽的想法。在這些警察愈靠愈近時，她兩隻手各抓住了一枝警棍，用力猛拉警棍。

這個舉動讓警察們倒成一團。

他們的頭撞在一起。

咚！叩！碰！

「唉唷喂呀！」

「噢！」

「啊！」

警察們暈頭轉向，紛紛往後跌了一跤，倒在地上。

這個景象從上方俯視的話，就像一朵花，愛爾西在花蕊中央，警察們是向外綻開的花瓣。

這個髒小鬼聰明的舉動立刻贏得群眾的心，他們大聲歡呼。

「萬歲！」

沒有人想看到警察大軍贏過一個小小孩。

不過現在沒有時間享受群眾的關注，愛爾西衝向通往自然歷史博物館入口的石階。另一隊警察站在巨大的木門前守衛，他們抽出警棍，準備好好揍一頓這個討厭的小傢伙。

愛爾西並不想被打，不管是被痛打還是抽

打，兩種聽起來都不討喜，愛爾西從樓梯扶手溜下去，在這棟建築物入口的旁邊，有一根排水管。

沒有時間思考了。還好她有猴子腳，很快就爬到一半了。

「萬歲！」群眾再次發出歡呼。

一個大膽的警察追到排水管上，可是他沒有愛爾西天賦異秉的猴子腳，馬上就掉了下來。

啪！

「啊！」

他的屁股正好跌坐在另一個警察的臉上。

ㄉㄨㄞ ㄧㄠ！

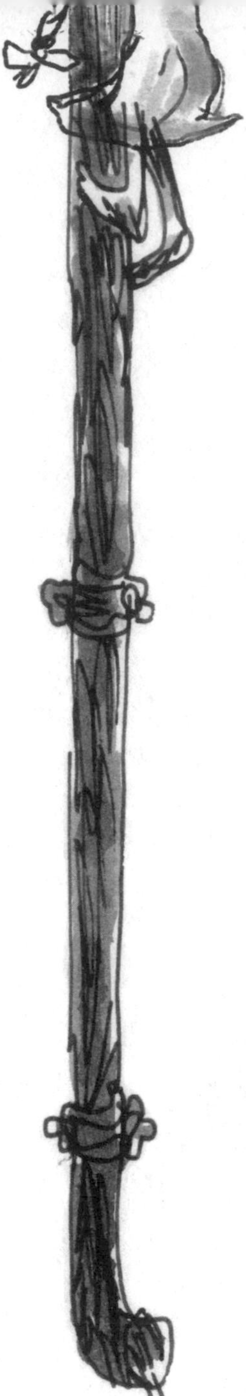

「噗！」鼻子被卡在屁股洞裡的警察發出抗議。

不必說也知道，目睹這場滑稽鬧劇的群眾頓時哄堂大笑。

「哈哈哈哈哈！」

「你們這些蠢蛋，快點追上去呀！」巴克咆哮。

「是！馬上追，長官，閣下！」一個警察說。

「快變成梯子隊形！」長官下令。

「要怎麼辦到？」

「最重的人在最下面。」

「您太犧牲了，閣下。」

巴克氣得冒煙了，他的迷你八字鬍抽蓄著。「我不會是梯子隊伍的一員！**我是總指揮！**現在，最重的人在底下，第二重的接著在上面，然後第三重的，然後一直往上爬上去。」

警察們全部吵了起來，沒有人想在最下面。

「我是最輕的啦！」

「不對啦，我才是最輕的！」

「你是我們裡頭最重的！」
「我減肥了耶。」
「你看起來還是很肥。」
「我只是臉比較圓而已。」
「她要逃走了！」巴克暴跳如雷地喊著。
這時女孩已經快爬到排水管頂端了。警察總監指揮他的人形梯子，迅速下令誰要排在哪裡。很快地，這些警察們不情願地一個接一個爬到彼此的肩上。
不必多說，這些業餘人士的特技表演，馬上就崩垮，一個個跌落地面。
「噢！」
「唉唷！」
「啊！」
「哇呀！」
「救命啊！有人要把我踩爛了！」
群眾對這精彩的演出大聲吶喊歡呼。

「萬歲！」

這時，愛爾西已經到達博物館的屋頂了。她對喜歡她的觀眾們輕輕鞠躬致謝。

群眾獻上熱烈的掌聲。

「太棒了！」

「她成功了！」

「加油！加油！加油！」

小女孩很快地越過傾斜的屋頂，到達建築物遙遠的另一端，她的猴子腳讓她遙遙領先。有那麼一刻，她俯瞰著倫敦的屋頂景觀，感覺自己是不死之身。不過當她腳下有一塊磁磚開始滑落時，她突然驚覺自己很明顯還是會死掉。

磁磚摔落地面後碎裂。

愛爾西立刻在屋頂上跌倒……

碰！

……她開始快速往下墜。

「啊！」

女孩翻了一圈，急切地想攀住屋頂。

正當她快要飛出去時，她設法用指頭勾住屋簷的水管，可是下墜的速度太快，身體被甩了一下，她鬆開了手指，向空中拋飛出去。

「不～～～！」

12 劍齒虎的牙齒

愛爾西的身體向前飛，撞碎了花窗玻璃。

匡噹！

她在石頭台階上滾了幾圈，最後停在一座玻璃櫃上，玻璃櫃裡擺了劍齒虎的化石。

咚！

愛爾西掉下來的力道大到讓那片玻璃開始碎裂。

喀鏘！

就像天空劈過的一道閃電，玻璃上的裂縫迅速蔓延開來。

轟！

不過一秒的時間，櫃子頂端的玻璃布滿裂縫，碎裂成一千多片。

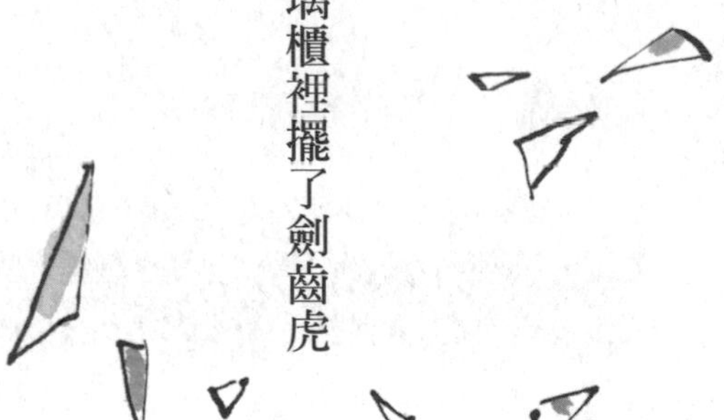

愛爾西清楚地知道下一刻即將會發生什麼事，不過她無力阻止。她倒吸了一口氣，玻璃在她的身子底下碎裂，愛爾西跌進櫃子裡，落在劍齒虎的背上。

唉唷！

這下子女孩被困在玻璃櫃裡了，加上一連串玻璃碎裂的聲音太大聲了，她一定會引起注意的。要是她有辦法打破櫃子裡其中一面玻璃就好了，可是這些玻璃有好幾英吋厚。無論她多用力的搥打玻璃，玻璃就是不會破。

碰！碰！碰！

覺得不可能動用劍齒虎的骨頭，所以她拔出一根劍齒虎的牙齒。她的手臂大力一揮，將劍齒虎牙齒的尖端用力摳向玻璃。

碰！

匡鏘！

玻璃立刻裂成碎片，細小的玻璃就像雨滴一般灑落下來。

轟！

現在不需要劍齒虎的牙齒了，愛爾西把牙齒塞回原來的地方，然後輕輕拍了拍劍齒虎的骨架，表達感謝。

「好孩子！」

靴子聲沿著走廊響起。

喀噠喀噠喀噠！

一定是博物館的警衛主管敲敲先生。愛爾西知道她得拔腿就跑。她腳上沒穿鞋子，所以小心翼翼地踏在碎玻璃上，然後衝向走廊的另一頭。

她貼著牆走，小心避開光線——這是她從孤兒院的老鼠們身上學到的——她發現一座可以俯瞰大廳的樓台。

愛爾西從博物館的最頂樓，往下看著這個歷史性的場景。

13 老人之海

維多利亞女王坐在一張宏偉的椅子上，讓她看起來比實際體型更小——其實她看起來已經超矮小了。她身後聚集了一堆蓄著白鬍子、戴著眼鏡而且表情嚴肅的老人們，宛若一片老人之海。他們看來像是有學識的人：科學家、探險家，還有政治家。

敲敲先生就像飢餓的鯊魚似的，繞著房間巡視，準備攻擊任何會撲向女王陛下的人。巴克局長也在做完全一樣的事，他們兩個人不斷撞上彼此。

「噢唷！」

「快滾開，你這個笨蛋！」巴克咆哮。

在嬌小的女王面前，矗立著如屋子般大，蓋著紅色的天鵝絨布幔的東西。

一個胖胖的男人向前站在聚集的人群前，開口致詞。這個男人就是自然歷史博物館的館長——雷．蘭克斯特爵士。

「女王陛下、各位老爺、各位紳士們……」他開口說。

「講話大聲點！」維多利亞女王大吼。

愛爾西用手摀住嘴巴，以免自己咯咯的笑出聲音來。她可不能視女王陛下爲不禮貌的人。

可憐的蘭克斯特看起來簡直嚇呆了，如果全世界最有權力的人向你不開心地咆哮，你也一定會跟他同樣被嚇呆，但他極力試圖保持鎮定。

「陛下、各位老爺、女士先生們，」他再次開口，但緊張得破音。「身爲自然歷史博物館的館長，我深感榮幸，承接……我確信您們一定也同意……這是本世紀最重大的發現。當時一群探險家們出發橫越北極……」

「繼續說啊！」女王大吼。

「對的，對的，當然，陛下，我很抱歉，我知道您還要忙於治理一個帝國。我們能有此榮幸請您爲這隻封號**冰原怪獸**的生物揭幕嗎？牠已經完美地冰封在這冰塊裡好幾千年了。」

女王有點困難地起身。她英俊的侍從阿卜杜勒．卡里姆上前幫忙。

「我沒問題的！非常感謝你，孟什[2]！」她厲聲說道。

「遵照您的意思，女王閣下，」他溫順地說。

「事實上，你可以幫我的忙嗎？」她問，看起來有點搖搖晃晃。

阿卜杜勒優雅地攙扶她的手臂，陪同她拖著腳步走到展品前面。

「這讓我無比喜悅，」女王說道：「揭開這隻長毛象的序幕。」

說完這句話，她就拉動繩索，天鵝絨布幔也滑到地板上。

2 「孟什」(Munshi)是維多利亞女王賜給阿卜杜勒的寵名。這個波斯字的意思是「祕書」，雖然他對她的意義遠大於此。

一·片·寂·靜

就在那兒。
享受著榮耀。
置身於一座巨大的玻璃
箱子裡。
停留在**冰塊**中。
一隻保存得非常完美的
長毛象。

很難相信牠已經死了一萬年。牠的樣子，說不定是昨天才死掉的。

這隻生物的模樣像是大象與泰迪熊的結合。牠的象牙又長又彎，就像現在博物館裡很多古板老人彎曲的八字鬍。兩根象牙之間懸著長長又毛茸茸的象鼻，長毛象的身體覆蓋著粗糙的棕色毛髮，頭上有一簇毛髮顏色比較深也比較濃密，像一頂假髮。牠的腿就跟樹幹一樣粗壯，擁有四個笨重的大腳。牠的眼睛是睜開的，它們又小又黑，形狀就跟眼淚一樣。

對愛爾西來說，這是一見鍾情。牠是她這輩子看過最美麗的東西了。美好得讓她的心飛了起來，而腦海中的畫面開始舞動起來。

她正撫摸著這隻動物的毛皮；她騎在牠的背上；牠用長長的、毛茸茸的象鼻環抱著她。

正當愛爾西在想像的樂園上飛舞時，她感覺到有人就站在她身後。女孩嚇得全

身僵住，她甚至沒辦法轉頭向後看。這時候，她感覺有一隻手放在她的肩膀上。愛爾西倒抽一口氣，她正要放聲大叫，可是她沒有辦法。

「啊哈！」

有隻手摀住了她的嘴。

14 死得很澈底

「噓！」背後傳來的聲音說。「不要洩漏你的藏身處。」

愛爾西認得那個聲音。那是她記憶中，所有和她對話的大人裡，唯一如此語氣和善的。

是達蒂的聲音。

愛爾西轉過身去，低聲的說：「謝天謝地，是你。」

「所有人當中的所有人都在找你呢！小小姐。」

「我知道。我不應該出現在這裡的。」

「可不是嗎！」清潔女工回答。「坦白說，我也不應該出現在這裡啊。一個卑微的清潔工不許跟女王陛下待在同一個房間裡。」

「女王陛下？」

達蒂看著女孩，一副愛爾西很呆的樣子。「我是那樣說沒錯。可是我忍不住出現在這裡了。我愛我們的女王。」達蒂自豪地向下盯著那位女士瞧。「噢，那提醒了我，我應該要買張郵票。」

兩層樓底下，女王正抬頭看著這隻凍結的生物。

「嗯，我看看。所以這就是大名鼎鼎的**冰原怪獸**？」

「是的，夫人，」館長回答。「可以這樣保存動物的屍體，可是博物館工程上很輝煌的功績。如您所看到的，從天花板懸垂下來的管道將冷空氣吹進容器裡，使冰封長毛象的冰塊保持結冰的狀態。」

「對一隻怪獸來說，牠有點迷你耶。」

蘭克斯特再次被這位女士考倒。

「這個嘛，我，欸，嗯，」他變得結結巴巴。

「陛下，我只能向您道歉，可是這隻長毛象說不定只有一歲大或是差不多這個年紀而已。其實，牠還是小孩子呢。」

女王有一會兒的時間沉浸在自己的思考裡。「那你有更大的長毛象嗎？」蘭克斯特焦急無助地看向周圍的人，希望有人解圍，可是沒有人伸出援手。

「這個嘛，嗯，沒有欸。夫人，我恐怕沒有。發現史前時代的生物是極度困難的事，更別說還能保存得這麼完美的生物。這是世紀大發現耶。」

「嗯，我親愛的已故的丈夫，亞伯特王子，可能會很喜歡這個呢。他沒辦法和我一起在這裡看見這個實在是太可惜了。亞伯特很愛動物。我自己比較喜歡歌劇，對吧，孟什？」

她優雅的同伴臉上浮出一抹淡淡的笑容。「陛下，您擁有獨一無二的歌喉。」

他諷刺的答案讓這位年長的淑女輕聲笑了出來。

「哈哈哈！」

然後輕笑聲變成咳嗽聲。

「咳咳咳～」

阿卜杜勒擔憂地上前攙扶。

「謝謝你了，孟什。如果沒有你，我真不曉得自己該怎麼辦。」

「陛下，沒有您，我也不曉得自己該怎麼辦。」

這是難以置信的一對，他們彼此互視微笑，然後女王又把視線轉回長毛象身上。

「牠會做什麼嗎？」她發問。

「非常抱歉呢，女王陛下，請問您是指什麼呢？」蘭克斯特問。

他的汗水正從他的眉間流了下來。

「比如變魔術啊？」她用女孩般的興奮語調問道。

博物館館長停頓了一下後才開口說道，他設法整理自己的思緒。「陛下，很不幸的，牠不會耶。這隻生物已經死了一萬年了。所以，以死亡來說，我會說你不可能找到死得更澈底的東西了。因爲牠已經死透了。」

「噢，那實在是太可惜了。我想牠算是很漂亮的，如果你喜歡這類東西的話。我就很喜歡。」

蘭克斯特笨拙地兩腳交互踩踏著。「您還有其他疑問嗎，陛下？」

女王想了一會兒。「我們什麼時候要喝茶吃蛋糕？被帶到這裡來幾乎橫越了整個倫敦。這些日子以來我不太喜歡離開皇宮。到了我這個年紀，這些事全都變得有點麻煩。可是，你瞧，因爲有茶和蛋糕的承諾，我的眼睛爲之一亮。可是我好像沒有看見什麼司康餅耶。」

「我的意思是關於長毛象的疑問，陛下。」

「長毛象什麼？」

「這裡的這隻生物。」

「沒有。」女王的口氣一如以往的直截了當。

「牠已經**死了**也太可惜了，」低沉的聲音來自入口處的一個身影。

「不然我就可以射殺牠了。」

所有人都轉頭看看是誰這麼粗魯地打擾女王陛下。

15 絕種的行業

身影從黑暗中走出來，頭戴木髓頭盔，身穿卡其外套，腳穿繫有鞋帶的及膝長筒靴。一縷灰色的雪茄煙霧飄在它身後。

「那到底是誰？」女王質問，掙扎著想要看清楚。

「噢……噢……不！」蘭克斯特說話結結巴巴。

「是誰呀？」

「是大鉛彈女士，大遊戲的獵人，陛下。」蘭克斯特回答。

「噢，不！」女王回應道。

大廳裡響起竊竊私語的聲音，相同的反應傳遍每一處。

「她在這裡做什麼？」女王追問。

「這個嘛，夫人，」獵人回答：「這間博物館裡每一隻標本都是我射殺來的。」

「真是可惜這些動物們沒有武器，不然牠們就可以反擊了。」女王氣憤地輕聲對阿卜杜勒說，但音量足以讓大鉛彈女士聽見。

「哈哈！」阿卜杜勒忍不住笑了。

「真是可惜這隻怪獸已經死了，」大鉛彈開口說道。「要是可以開槍射牠，我就能瞄準牠的雙眼之間，絕對會是我極大的樂趣呀。」

「這個嘛，欸，嗯，大……大……大鉛彈女士，」蘭克斯特語無倫次，說道：「長毛象這個物種老早就絕種了呀。」

「我就是從事絕種的行業啊，」獵人回答。「如果辦得到，我會鏟除地球上所有動物。」

「你生活得還眞愉快啊！」女王諷刺地說。「所以茶和蛋糕在哪裡？」

蘭克斯特此時插話說道，「茶和蛋糕已經在畫廊裡準備好了，請跟我來……」

女王挽著阿卜杜勒的手臂，腳步緩慢沉重地走出了大廳。

所有的大人物也都跟著走出去了，只剩下大鉛彈和長毛象獨處。愛爾西和達蒂從樓梯頂端看著她直直走到箱子前方，她假裝拿出一把獵槍，裝填子彈，然後開火。**「碰！」**她甚至還製造了音效，然後還模仿了長毛象腦袋被轟爆的模樣。

「哈哈哈！」她自顧自的吃吃笑著，然後又消失在陰影中。

現在大廳裡只剩下愛爾西和達蒂了。

「我在**發抖**耶！」愛爾西的牙齒喀喀作響，緊抓著樓台的扶手。邪惡的臭味隨著大鉛彈的雪茄煙霧一路盤旋到上面。

「我也是，邪惡的女人。她每次都拖著她射殺的可憐老虎或者獅子進來，臉上還掛著邪惡的笑容。」

「所以，現在她離開了，敢不敢做一件事嗎？」女孩問。

「敢做什麼呀？」清潔女工回答。

「敢不敢下樓靠近一點看啊？」

達蒂搖搖頭。「噢，愛爾西，你會讓我惹上超大麻煩欸。」

「我們只要很快很快很快地看一眼就好了嘛。」

當愛爾西都這麼說了，實在很難拒絕。

「很快地看一眼嗎？」達蒂問。

「只要瞄一下，我說眞的。」

「用瞄的？」

「比瞄還快啦，偷看而已。」

「偷看？」

「沒錯！」愛爾西回答。

達蒂沉重地嘆了一口氣。「那好吧，我們就偷看一眼這隻長卯象。」

「我想牠是叫做『長毛象』才對。」愛爾西糾正達蒂。

「沒錯，『長卯象』！我就是那樣說的。」

愛爾西笑了，她拉住女士的袖子。「達蒂，來嘛……」

16 屁股肉燒起來了啦

「我才不要從欄杆滑下去！」達蒂抗議著。

「可是這是最快的方法耶！」愛爾西回答。

達蒂不情願是有道理的。從博物館最高的地方到最低的地方，可是遠得不得了的距離。

「要是沒有在這吵來吵去，我們現在早就到那裡了啦。」愛爾西說的也有道理。

女孩攀到欄杆上，達蒂嘆了一口氣，挽起裙子加入她的行列。

「這個主意實在太爛了，」這位女士說。

但已經太遲了。

嘩！

「噢。我的屁股肉都要燒起來了啦！」達蒂抱怨道。

「撐住！」愛爾西喊道。

她們很快就從欄杆衝了出去。

女孩跌落在地板上。

咚！

達蒂則是跌落在她身上。

碰咚！

愛爾西像是被施了法般走近冰原怪獸。女孩和這已絕種好幾千年的物種之間，就只剩下幾英吋厚的玻璃與冰塊。

「這東西長得好奇怪喔。」達蒂自言自語著。

「我覺得牠很美，」女孩輕聲說，「牠就像是全世界最大的抱抱玩具。」

達蒂咯咯的笑了出來。「我不確定如果牠還活著，有沒有那麼好抱耶。現在嘛，我們得趕快在敲敲先生回來以前離開這裡才行。」

女孩站著不動。

「愛爾西？愛爾西？」

達蒂拉拉小女孩的手臂。「我們得離開這啦。」

「我不想把牠單獨留在這裡。」愛爾西回答。

「你什麼？」達蒂簡直不敢相信自己剛才聽到的話。

「牠看起來好傷心。」

「如果你死了一萬年，也會看起來很傷心！」

「讓我爬到你肩膀上。」

「你什麼？」

「我得再看清楚一點。」

「小小姐，我們得趕快在女王陛下回到這裡以前離開。」

「比偷看一眼還快耶，」愛爾西懇求。「就像逗嬰兒笑那樣 Peek-a-boo 偷看一下就好。我保證。」

「不行！現在離開！」講完這句話，達蒂就試著要把女孩從大廳拖走。不過愛爾西的動作達蒂比不上，還沒意識到是怎麼一回事，愛爾西就已經爬到她背上了。

「這是在……？」

「握住我的腳踝！」愛爾西下令。

愛爾西站在這個女士的肩膀上，不甘願的達蒂還是盡責地扶著她。現在女孩的高度跟長毛象差不多了。她把鼻子貼在冷冰冰的玻璃上，凝視著長毛象其中一隻小小的黑色眼睛。

「你在上面做什麼咧？」達蒂叫著。

事實上，愛爾西也不確定自己在上面做什麼。她只知道自己呆住了，一動也不動。就像連她也被冰封了。

「我們得走了！」達蒂懇求。

可是愛爾西還是繼續盯著長毛象。然後發生了最神奇的事，而這一刻一切都改變了。這隻生物的眼睛裡，出現了一滴水珠。

「牠在哭耶！」愛爾西往下方大喊。

「噢，我的老天鵝呀！小姐，那是你在幻想。那隻長毛象在我出生很久很久以前就沒有再哭過了！現在快點下來！」

「還不行。」

「你說『還不行』是什麼意思？」

「『還不行』就是『還不行』的意思啊。」

靴子的聲音從走廊傳來了。

喀噠喀噠喀噠！

靴子的聲音，當然就是敲敲先生了。

「我們得走啦！**馬上！**」達蒂喊道。愛爾西還沒下來，她就開始用最快的速度往前跑。

「嘩！」愛爾西大叫出聲，試圖停止晃動。

喀噠喀噠喀噠！

「是誰在那裡？」敲敲的吼聲沿著走廊迴響。

愛爾西往前傾，雙腳滑了下來，跌坐在達蒂的肩上。

現在她就像在騎馬般，騎在達蒂身上了。

「駕！」女孩下令快馬加鞭，然後她們一起逃走了。

17 奇怪的生物

達蒂在那裡工作了許多年，打掃過自然歷史博物館裡的每一吋。所以她知道所有最好的藏匿地點。

「快點下來！」帶著愛爾西往下走幾步石階時，女士噓聲說道。她們前面是一扇巨大的金屬門，上面有一個警告寫著：

達蒂把手探進口袋裡，拉出一串叮噹作響的鑰匙。

「應該是其中一把。」她自言自語著。

「可是是哪一把呢？」愛爾西追問道。

「我知道是一把金屬製的鑰匙。」

「全部都是金屬製的啊！全部都是鑰匙！把它們給我。」

愛爾西從達蒂身上搶過鑰匙，經過幾次嘗試後，她們找到了正確的那把鑰匙。她打開門，把達蒂推了進去。然後，她盡可能地用不發出聲響地把身後的門關上，再把門鎖起來。

喀噠。

厚厚的金屬門外，她們兩人聽見靴子的腳步聲沿著樓梯走下來。

喀噠喀噠喀噠！

有人轉動了門把……

噠噠。

兩個人屏住了呼吸。

接著聽見靴子的腳步聲沿著樓梯往上走。

喀噠喀噠喀噠！

兩個人一起鬆了一口氣。

「還好敲敲沒帶鑰匙，眞是謝天謝地。」愛爾西悄聲說。

「不，」達蒂回答。「他的鑰匙在這裡！」她接著說，把整組鑰匙舉在手上。「我的鑰匙不見了，所以就『借用』他的。」

「聰明的達蒂！」

「我可不是只有長得漂亮而已！」清潔女工說。

愛爾西微笑了，她對此沒有意見。「所以，我們在哪裡啊？」

「倫敦的自然歷史博物館啊。」

「達蒂，那個我知道啦！我是說，在倫敦的自然歷史博物館裡哪裡？」

「噢，我們在儲藏室。現在跟緊我喔……」

如果樓上充滿了驚奇，樓下更是如此。儲藏室裡充滿了怪到沒辦法在樓上展示的東西。

這兩個人經過一堆浸泡在箱子裡的奇特生物。有雙頭鯊魚，還有跟象寶寶差不多大的巨大烏龜，另外還有一條跟運動場差不多長的蛇。俯瞰著牠們的，是一個連體貓頭鷹雙胞胎的標本，還有一大塊看起來彷彿是從另一個星球掉到地球的紅色隕石……

還有一顆蛋，蛋大到應該是巨齒龍的。一個史前人類的骷髏蹲踞在一塊底座上，它長得好奇怪，像是人類，也像是猩猩。

「這是什麼？」女孩問。

達蒂慢慢地走過去看。「不知耶。如果我是你，就不會碰它，看起來好恐怖。」

「如果你覺得那具骷髏看起來嚇人，你一定沒見過冰蝌蚪太太。」

「誰？」

「她經營一間孤兒院，我就是從那裡逃出來的。她的疣都比這個還大！」

愛爾西把手放在骷髏頭上，骷髏晃動了一下。女孩因而感到好奇，於是她將骷髏的頭蓋骨從下顎處轉動回去。

喀！

突然間，這兩個人發覺她們正在旋轉！

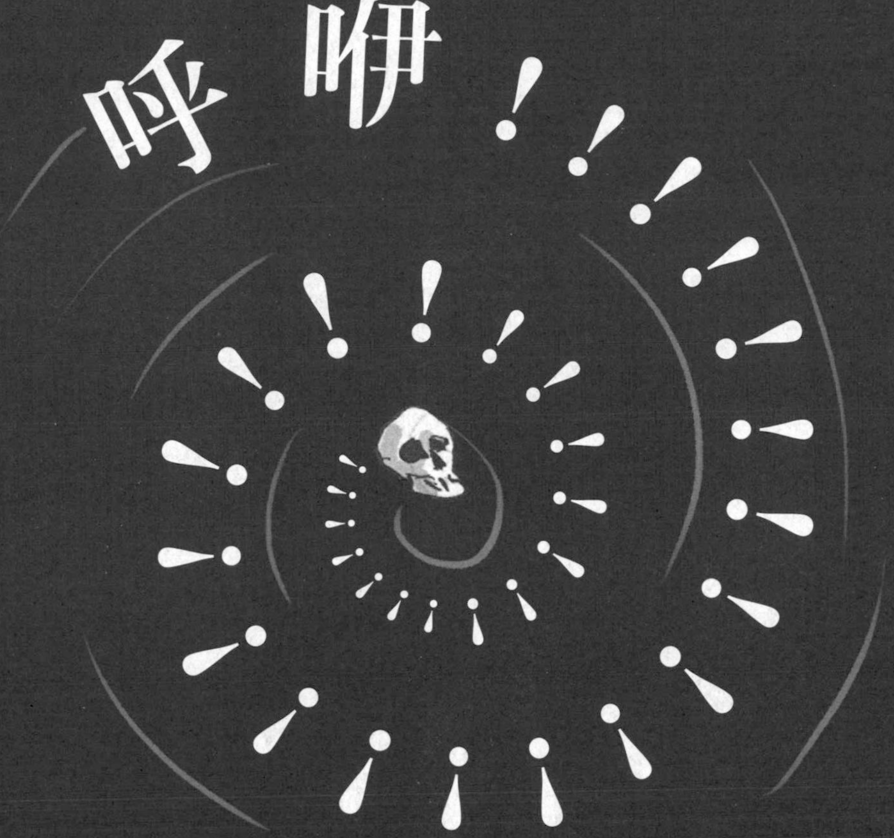

碰觸了骷髏的愛爾西，打開了一扇暗門！現在她們被**吸入**一片漆黑裡。

「**啊——**」

她們尖叫著。

18 最黑的黑暗

「有東西抓住我了！」達蒂大喊。

「有東西抓住我了！」愛爾西大喊。

「救命啊！」她們尖叫。

「我覺得可能是我們互相抓住了彼此啦。」女孩說。

「噢，對吼。」

「我們放手吧。」

「好。」

她們放開了彼此。

「這樣好多了。」達蒂說。

「我們在哪裡啊？」愛爾西問。

「還在倫敦的自然歷史博物館呀。」

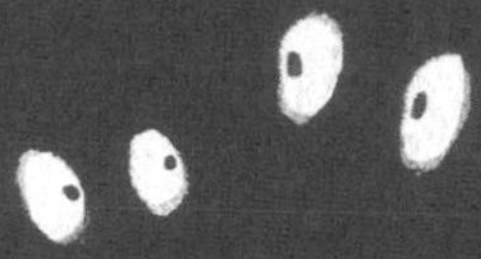

「對，我知道啦！」

「好嘛！」

「我是說，我們在博物館的哪裡啦？」

「不知！」達蒂回答。「我已經打掃博物館打掃了N年了，不過我從來沒來過這裡。這裡一定是祕室。」

「祕室！天哪！」愛爾西沒辦法掩飾她的興奮。「我們來探險！」

「你先請，」達蒂說。「我跟在你後面，以免有人從後方攻擊。」

愛爾西知道這個老女人嚇壞了，「握住我的手。」她說。

她們一起穿過陰暗的房間，走向一道微弱的光。走近時，她們看到一個布滿灰塵的老舊瓶子，覆蓋著厚厚的蜘蛛網。女孩對瓶子吹了一口氣，好看見裡頭有什麼。有光在玻璃罐裡跳舞，就像有鬼困在裡頭似的。

「它是活著的。」愛爾西說。

「瓶子怎麼可能是活著的啦！」

「不知。可是你看，裡頭有東西耶。」

達蒂往瓶子裡頭瞄。「真是奇怪。不管你想做什麼，就是不要想碰它！」

跟大部分的小孩一樣，愛爾西選擇想聽的，而這件事情，她選擇不聽話。

她伸出手碰觸瓶子。

「唉唷！」她大喊，痛得縮手。

「我是怎麼跟你說的？」

「很燙欸！」

女孩把外套的袖子拉下來，保護手指不被燙傷。

「不曉得裡頭是什麼？」她思考著。

「不管你想做什麼，」達蒂重複說道：「就是不要想打開它。」

一樣，她選擇不聽話，她緩慢地拔掉瓶子上的軟木塞。

「我說『**不要**』欸！」達蒂又說了一次。

啵！

一道閃光衝了出來，那瞬間房間被照得白茫茫。

轟！

「愛爾西！」達蒂大叫。

太遲了。

閃光發出嘶嘶聲，擊中了愛爾西，

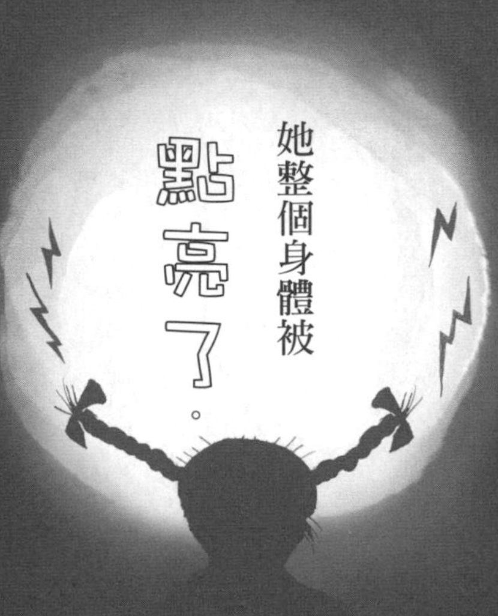

她整個身體被

點亮了。

一陣一陣的光發出嗡嗡聲，穿過她的身體。

「啊啊啊！」

她發出尖叫。她的頭髮都豎立了起來，幾縷煙霧從耳朵旁邊冒了出來。

她要爆炸了嗎？

接著，就跟光線閃現時一樣快速，光線突然消失了。愛爾西像一袋馬鈴薯般癱在地板上。

碰⋯⋯⋯

唰！。

愛爾西接著察覺到的事，是她的身體溼掉了，全身溼透。她張開眼睛，看見達蒂跨站在她身體上方，手裡拿著水桶。

唰！。

又一波冰冷的水讓她全身都溼透了。

唰！。

然後又是一陣！

接下來，這位女士開始拍打女孩的臉。

啪！啪！啪！啪！啪！

「醒醒啊，愛爾西！拜託！趕快醒過來！不要在我面前死掉啦！」

「好啦！好啦！我醒了！」她發出聲音了。

達蒂開始搖晃女孩，確認她真的醒了。

「不要再搖晃我了啦！」

「抱歉！」達蒂說。

「那個瓶子裡到底是什麼啦？我不太識字。」

達蒂大聲念出瓶子標籤上潦草的字跡。

閃電

「瓶子裡裝的是閃電？」

「上面是這樣寫的。」

「你怎麼有辦法抓住閃電，還把它放進瓶子裡？那是不可能的。」

「孩子，沒有什麼事情是不可能的。」暗處有個聲音說。

19 瓶子裡的閃電

在博物館底層的祕室裡，有兩名闖入者嚇得全身僵住了，因爲有個坐在推車上的身影從黑暗裡現身，手上還拎著燭燈。這個人好老，老到看起來像烏龜。他的頭光禿禿的，鼻梁上有一副半月形眼鏡；他身上穿著髒兮兮的舊實驗袍，裡頭是一件粗花呢西裝，西裝接縫處都脫落綻線了；腳上穿著破爛的拖鞋；長滿繭的雙手戴著露指手套。

「是你！」達蒂喊道。「每個人都以爲你已經死了！」

「才沒有咧，你這個低俗的清潔女工，我活得好好的！」
「他是誰？」女孩問道。
「我就是教授！」男人自命不凡地的宣布。
「什麼的教授？」愛爾西問。
「正是！」達蒂說笑著。「博物館裡每一個人都認識他，他以前是這裡地位最高的人之一，直到……」
「說得對！說得對！」教授打斷她的話。「我們不必提起所有過往。」
「『所有過往』是什麼？」愛爾西很感興趣地問道。
「教授在一次荒唐愚蠢的實驗中，差點把整座博物館都燒毀！」達蒂說。
老人的臉龐因爲盛怒而發紫。「事情才不是那樣，你這個愚蠢至極的女人！」
「好吧，那到底發生了什麼事，你這個其實並不像你自己以爲的那麼聰明的男人？」
女孩忍不住笑了出來。這兩個大人的爭執，簡直就跟小孩子一樣。

教授移動著輪椅，在他自己的祕密實驗室中打轉著，一根接一根地點燃裡頭的蠟燭。

不久，祕室的全貌出現了，無論是愛爾西或達蒂，都從來不曾見過這樣的房間。

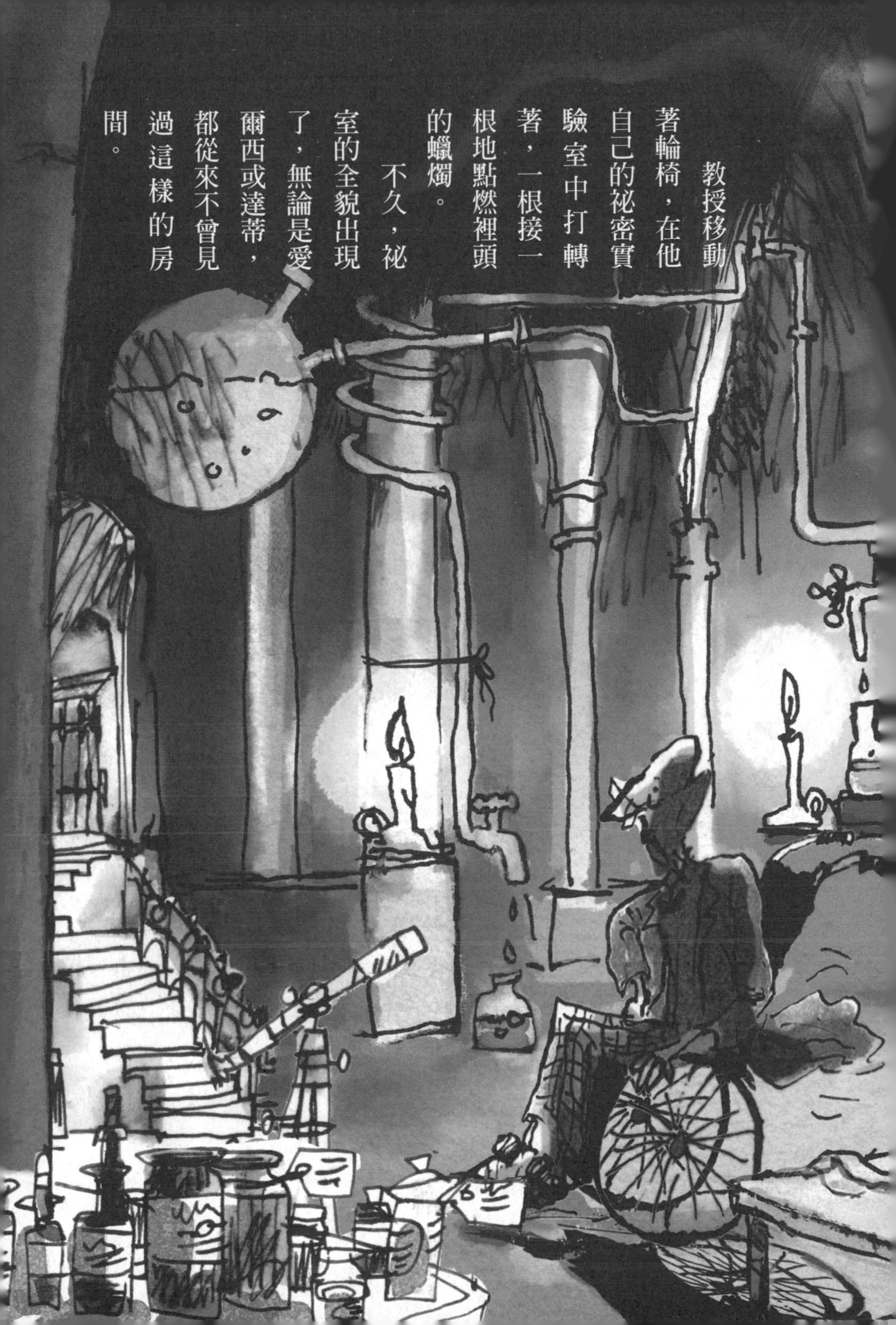

到處都是玻璃試管，滿是灰塵的舊瓶子裡裝著化學溶劑，每一吋牆面都用潦草的字跡寫著化學公式，就像是進入了這位老人家的腦袋中似的。

是很聰明，但是也太瘋狂了。

「我正在進行一項革命性的實驗，爲了駕馭閃電的力量。」教授繼續說：「我這個實驗已經進行好多年了。十年前一個暴風雨的晚上，我把鑲嵌著金屬針的小氣球施放到天空裡。氣球連接著一截銅線，那截銅線連接到現在地板上那個碎裂的瓶子。」

「所以發生了什麼事？」愛爾西發問，心裡好奇得不得了。

「我來告訴你發生了什麼事——」達蒂打岔。

「可以讓我自己說自己的故事嗎？太感謝你了，你這個無知至極的女人。」教授說道。

「我一點也不曉得『無知』是什麼意思，」達蒂叨念著。「最好不是什麼壞話！」

「我的實驗非常成功，」教授繼續說：「我把閃電捕捉到瓶子裡了，就是那個剛剛小小地電擊了你一下的東西。」

「小小？」愛爾西大聲質疑。

「任何比剛剛那個再大一點的東西都會殺了你，」教授回答。「會把你烤得滋滋作響，一秒就翹辮子死掉。」

愛爾西倒抽了一口氣。「所以，如果實驗非常成功，你爲什麼會丟掉工作？」她問。

「好問題！」達蒂喃喃自語。

「安靜！」教授發怒命令道。「銅線開始纏繞博物館的一座塔樓上，一陣更強的閃電擊中氣球，讓那座塔樓著火。」

達蒂此時插話，「很幸運那天晚上下著傾盆大雨，不然大火會把整座博物館燒個精光。」

教授沉默無語，安靜了一會兒。他憂傷地低下頭，「我被拖到博物館的館長面前，他斬釘截鐵地告知我再也不准進行任何科學實驗了。我被趕出博物館！可是博物館就是我的生命——我沒有其他地方可去——所以我就躲在底下的地窖這裡。」

「那已經是好久好久以前的事了，我們樓上的所有人都以為你死了。」

「也許我就跟死了沒有兩樣，」老人自言自語著。「現在我只是在黑暗裡腐朽，等待終點到來。我變成全世界最有名的科學家的夢想也化為灰燼，我明明有更多機會捕捉閃電，放進瓶子裡的！」

愛爾西突然表情開朗。一個想法閃過她的腦袋，這個主意瘋狂到簡直太聰明了，又聰明到簡直太瘋狂了。「我認為你還有一個在歷史上留下紀錄的機會。」

「怎麼做？」老人嘟囔著。

「你可以讓一隻史前生物

再活過來。」

20 黑暗的火焰

「不會是劍齒虎吧！」達蒂大喊。

「不是啦！」愛爾西大笑。「那只是骷髏耶！」

「對，我想我們現在對那個已經幫不上什麼忙了齁。你的意思不會是在說長卯象吧，是嗎？」

「是**長毛象**，沒錯。」

「我就是那樣說的啊，」女士抗議。「長卯象。你想讓樓上那隻長卯象再活過來？」

「**對！**」

「所以我們有個新成員，對吧？」教授問。「我正在納悶那堆噪音到底是怎麼回事咧。」

「讓牠復活太瘋狂了！」達蒂大喊。

「好的瘋狂還是壞的瘋狂？」愛爾西問。

「有好的瘋狂嗎？」

「有啊！聽著，那隻生物已經被完美地保存了一萬年，看起來就像昨天才停止呼吸的。對吧？」

達蒂點點頭。

「所以只要有教授的閃電捕捉機什麼的，再用超強電力電擊牠，然後就可以讓牠的心臟再次跳動？」

愛爾西和達蒂看向教授。畢竟他才是科學專家，雖然他差一點就要把自然歷史博物館夷爲平地了。教授蒼老的眼眸中，燃起黑暗的火焰，他直直盯著前方，計畫開始在他心裡成形。

「我可眞是想到了一個絕頂聰明的主意！」他輕聲說。

愛爾西看起來困惑得不得了，這不是她的主意嗎？

「我可以用我的閃電技術來創造生命！這可是自古以來，所有科學家的夢想——成爲上帝！」

「我想他有點秀逗了。」達蒂喃喃說著。

「我會名垂青史，成爲我這個時代最偉大的科學家。不，是有史以來最偉大的。艾薩克‧牛頓？一顆蘋果掉在你頭上，就有了地心引力的想法。**誰在乎呀？**尼古拉‧哥白尼？你發現是地球繞著太陽轉，而不是太陽繞著地球轉？又怎樣！查爾斯‧達爾文？所以你用你的演化論，完全改變了我們對地球生物的想法？拜託！他們會撕掉你的書、燒掉你的圖，然後拆掉你的雕像，換上**我的！我的！我的！**沒錯！所有的一切都會變成跟我有關！」

一陣尷尬的沉默。

「你講完了嗎？」愛爾西問。

教授停下來思考了一會兒。「對。你們兩個就是我的助手。我說什麼，你們就做什麼。

而且以科學之名，準備好必要時犧牲你們的性命吧。現在來吧！沒有時間可浪費了。」

老人立刻在實驗室裡埋首忙碌了起來，把各種科學設備遞給愛爾西，愛爾西就像隻熱切的小狗狗那樣跟前跟後，達蒂看了簡直不敢相信。

「你們兩個失去理智了嗎？」她問。

「理智原本就是抽象的東西。」教授回答。

「就像他剛說的。」女孩認同，雖然她連一個字也聽不懂。

「如果你眞的有辦法捕捉到一道閃電，然後用某種辦法讓這隻長卯象……」

「是長毛象。」愛爾西糾正她。

「長卯象，我就是那樣說的啊……牠起死回生，你要拿牠怎麼辦咧？」

這是個好問題，讓教授跟愛爾西兩個都停下動作。

「嗯，」女孩思考著。「這個嘛，或許這隻長毛象可以跟你一起住？」

這下子連達蒂都傻住了。「跟我？我在一間供膳宿舍租了閣樓的小房間。按照規定『不准養狗養貓』欸。」

「有規定**不准養長毛象**嗎？」愛爾西問。

「沒有。」

「嗯，所以……」

「也沒有『不准養恐龍』的規定啊！房東太太可不會想到需要規訂不准養早就已經絕種好幾百萬年的動物。」

「嗯，如果長毛象不能跟你住，也許牠可以來跟我住。」愛爾西說。

「你又沒有地方住。」

「所以說不定我們可以放牠自由。」

愛爾西注意到教授自顧自地笑著，他在隱瞞什麼祕密，可是是什麼呢？

「我們之後會有時間可以想那些細節，」他說。「首先，我們得先讓牠起死回生才行。現在，我看看我把那根銅線放在哪裡啊？」

達蒂一把抱起愛爾西拿在手上的，不知道是什麼的科學裝備，然後放到實驗桌上。

「來吧，愛爾西，這一切最後都不會有好結局的，」這位女士說。

說完這句話，達蒂就抓住女孩的手，把她拖向暗門旁。

「拜託，達蒂，我求你，」教授喊道。「我也需要你幫忙呀！」

「不要！」

「拜託！」

「不要就是不要！」

在門的另一邊，靴子聲又出現了。

喀噠喀噠喀噠！

他們兩個安靜下來。

「噓！」愛爾西作出噤聲的動作。「是敲敲！」

「他不知道我在這裡，」教授嘶聲說著。「沒人知道。如果你們把他引來，那……」

「噓！」女孩又做了一次噤聲的動作。

靴子恰好停在暗門外面時，他們三個動也不敢動。

喀噠喀噠喀噠！

三聲輕輕拍打門的聲音響起。

啪啪

達蒂壓著自己的前胸，她的心跳得很快。

怦怦

愛爾西之前無數次都必須躲藏起來，訣竅就是不要呼吸。女孩伸出她的手遮擋住老女人的口鼻。達蒂雙手交握、閉上眼睛祈禱。

啪啪啪

敲敲發現暗門後面有動靜嗎？

還沒。

再度出現靴子移動的聲音，敲敲離開了。

喀噠喀噠喀噠！

「如果這是我認識的敲敲，他還會再回來的，」教授低聲說。「如果我們想讓怪獸起死回生，就必須光速行動。」

「還能出什麼差錯呢？」達蒂自言自語著。

21 一千條絲質手帕

在祕密實驗室裡，教授詳細說明了他**荒唐至極**的計畫。

「我們需要用絲質手帕製作一個巨大的熱氣球，讓它飛到比博物館還要高很多的地方，飛進夾帶著閃電的暴風雨中。愛爾西，你得去偷絲質手帕。你以前有偷過東西嗎？」

「一兩次吧，」女孩說謊。「你需要多少咧？」

「嗯，不超過一千條吧。」

「一千條？」

「一千條上下啦。」

「我要上哪兒去偷一千條絲質手帕呀？」

「當然是從一千個有錢的紳士淑女身上啊。然後，我們還需要一塊圓形的金屬，」教授繼續說。「比如士兵的錫頭盔啦。」

達蒂突然上下跳，看起來就像超級需要去尿尿的樣子，不過其實她只是興奮過頭而已。

「噢！噢！」她大喊，手在空中揮舞著。

「怎麼了？」教授問。

「我知道哪裡可以得到錫頭盔。我男朋友小不點啊，他以前打仗的時候一定有留下來。」

「太完美了！我們得把頭盔固定在熱氣球的最最頂端。讓我來示範給你們看……」

教授把手伸進髒兮兮的實驗袍口袋裡。「那麼我的粉筆上哪兒去啦？」

愛爾西看起來有點不好意思。「噢，它一定是從你的口袋溜進我的手裡了。」她撒了一個謊。

「太棒了，孩子。太棒了！」教授佩服得五體投地。「那些手指在你偷手帕時會很有用。」

老人伸出手來，她把偷來的粉筆放到他手上。然後他便開始在實驗室牆壁上畫下他的發明，一面畫圖，一面講解。

「這個是氣球，錫頭盔在最頂端。氣球會有一個柳條做的籃子，由底下這裡的繩子綁在一起。我們會在籃子中央放一個金屬製的鼓，鼓裡頭會放燃燒的木頭。熱空氣會讓氣球膨脹，飛向空中。」

「噢，這些事可眞是複雜啊！」達蒂喃喃說著。

「偉大的教授講話時請安靜！」男人斥責。

「接下來氣球駕駛員會飛進暴風雨中心。等到閃電擊中這裡的時候呀……」

他在金屬頭盔的圖上用力敲著粉筆。

「……**閃電**會沿著銅線流竄，一路沿著博物館向下。我們要把線的尾端直接固定在……」

他話還沒講完，愛爾西就幫他接話了：「長毛象的心臟。」

「正是！」教授驚呼。「小小姐，你學得很快嘛。」

達蒂把手舉到空中。

「什麼事？」他鄭重其事地問。

「我可以說話嗎？」

「不行！」他嚴厲地說。

這位女士很生氣地環抱著手臂。

「所以你，愛爾西，要去偷一千條絲質手帕，然後你再和達蒂一起把這些手帕縫在一塊兒做成氣球。這個叫做小不點的人會提供錫頭盔，籃子、金屬鼓和木柴愛爾西也從街上搜刮。我上次做的實驗還有剩下銅線。這一切再簡單不過了！」

達蒂和愛爾西吃驚地張大嘴巴站著，誰也不會用「簡單」來形容！

「所以誰要登上熱氣球？」愛爾西問。

教授露出邪惡的微笑。「不是你，孩子。」

「不是嗎？」

「不是。我需要一個小小人，負責擠過博物館裡的每一處，把銅線從屋頂一路穿到大廳。」

「那是你要乘坐熱氣球嗎，教授？」女孩問。

「哈！哈！不是呀，孩子。我衰弱的身體沒辦法承擔這麼致命的任務。」

「那是誰？」

教授黝暗的雙眼盯著達蒂，愛爾西跟著他盯。

「爲什麼所有人都看著我？」達蒂問。

「因為你啊，清潔女工，將有榮幸承擔

這個任務中最危險——也許也最致命——的部分。

讓熱氣球直直飛進夾帶著閃電的**暴風雨**中！」

22 計畫的美好

「我？」達蒂大喊。

「對呀，你！」教授回答。

「可是我很怕高耶。我連站在椅子上打掃天花板都會站不穩。」

「女人，聽我說！」教授下達指令。「一生中，還有什麼會比以科學之名而死更**光榮**呢？」

「死？」

「那是最糟的狀況。」

「我還太年輕了，不能死。」

教授在半月型的眼鏡後檢視面前的女士。「我可看不出來。」

「你太過分了吧！」

「我登上熱氣球好了！」愛爾西提議。

「不行，不行，不行，」男人說。「我們究竟要怎麼把這塊大肥肉弄下煙囪？」

「太棒了！」達蒂大喊道。「現在我又老又肥了？」

「別苦惱，女人。你摔出去跌死的機率非常小，我會把你綁在籃子上。」

「還眞教人安心呀！」女士回答。

「當然，因爲眞正的危險是被閃電擊中。」

「什麼！」

「別擔心。那樣會死得很快，而且不會痛。你會在千分之一秒內被燒成灰燼。你幾乎不會察覺自己是被什麼東西打中，這就是計畫美好的地方。」

「你是瘋子。」

「謝謝你唷。」教授回答。

「那敲敲呢？」愛爾西問。

「沒錯，」男人沉思著。「警衛的確是個問題，我們必須想辦法確保他被其他事情套牢才行。」

「我不覺得他可以被套牢耶，他這麼壯。」達蒂說。

「這只是一種說法啦！」教授驚呼。

「也許我們可以把他鎖在清潔櫃裡。」愛爾西建議。

「那太完美了。」教授回答。

「我們要怎麼從這裡離開卻不被人發現啊？」愛爾西問。「現在整間博物館裡都是警察和守衛耶。」

「你可以從輪煤管爬出去呀，就在這裡……」

男人移動輪椅到牆邊，讓她們看一個用箱子遮住的小洞口。

達蒂查看那個洞。「那我呢？」她問。

「你可以嘗試擠進去，我可以用這根掃帚戳你豐滿的大屁股幫助你。」

「你還眞好心呀，」達蒂諷刺地回答。「可是他們沒有在找我，找的是這個女孩。我想我會再等一下，等危機解除了，再走出那扇門上樓去。」

「好，可是拜託不要等太久，」教授回答。「我不希望你擠在這裡。」

「嘿，還眞抱歉啊！」

「愛爾西？」

「是的，教授？」

「我要你明天晚上這個時間帶著一千條手帕回到這裡。」

「明天晚上？」

「是的，孩子。不能超過明天晚上九點。你看，氣壓變低了……」男人指著牆上的氣壓計。「我們得準備好迎接週末夾帶閃電的暴風雨。」

「我會盡力的，教授！」女孩一邊進入輪煤管，一邊說。

教授瞪著達蒂看了一會兒。

「你有在聽嗎？」他問。

這時，愛爾西用她最快的速度從博物館跑掉了，她的心思和她的腿一起狂飆。她要怎麼在區區二十四小時內，偷到**一千條手帕**呢？

23 黏答答手指幫

愛爾西知道自己不可能獨自達成任務，所以她決定尋求幫助，而且是專業級的幫助。有一個名聲顯赫的小流氓組織，他們是全倫敦最厲害的扒手，只要她有辦法找到他們的話。

他們就是**黏答答手指幫**。

他們被這樣稱呼，是因爲他們黏答答的小手指會滑進倫敦每位有錢的紳士淑女外套的口袋裡，再把已經黏到東西的手指滑出來。

有時候，黏到的東西只不過是舔了一半的甜食、沾了鼻涕的抹布，或是……在最差的狀況下……一副假牙。

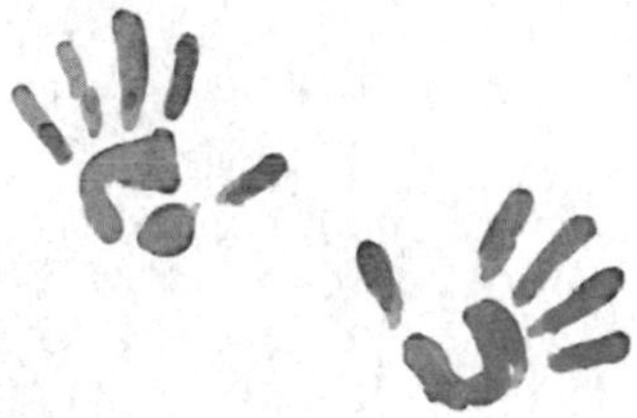

不過其他時候他們的手指會黏到珍貴的東西，像是懷錶啦、金幣啦、鑲銀邊的眼鏡啦、珠寶啦還有……當然囉……絲質手帕。

黏答答手指幫的成員有：

喬瑟夫，或者「大喬」，是自己任命的首領。他連睡覺時都有辦法當扒手。

柔伊，眞正的首領。她在學會走路前就開始偷東西了。《泰晤士報》的讀者們都認識她，報紙常常報導她的犯罪事蹟，稱她爲「娃娃臉壞蛋」。

納莉廣爲人知的名號是「臭摸摸納莉」，因爲她會用屁股打嗝來分散受害者的注意力。

貝拉，或是「小一」，是幫派裡最矮的成員。她幾乎搆不到倫敦有錢的紳士淑女的口袋，所以總是隨身攜帶凳子上場。

羅蒂是整群人中最壞的一個。當扒手不過只是她眾多犯罪項目中的一件而已。全英國的警方都在緝捕她，因爲她「揍了一個很強壯的人」、「在修女面前低俗地打嗝」還有「強迫餵食修女起司」。

葛瑞絲，或者「危險葛瑞絲」，是幫派裡最強悍的成員。沒有任何人，膽敢惹葛瑞絲生氣，除非他們想要內褲飛蛋、中國刮痧，或是指關節三明治。

喬治，或是「無罪喬治」，看起來很無辜，實際上卻一點也不是這樣。喬治僞裝成唱詩班的男童，意思是犯下滔天大罪也可以脫罪。

「靈活手指**法萊雅**」可以爲了英格蘭偷遍天下。有一天，在露天市場，她偷了三百一十八條絲質手帕，一桶糖梅，還有一座旋轉木馬。

阿西雅和**雅典娜**是姊妹，也是彼此的犯罪拍檔。她們沒有爭執不休時，可是掌管一個犯罪帝國，犯罪項目包括賭博、敲詐勒索，還有無拳套拳擊賽。她們被稱爲「冷血姊妹」。

再加上這對姊妹，幫派的人就到齊了：**薩納雅**和**莉亞娜**，「恐怖二人組」。她們兩個合作行竊：薩納雅會裝成甜美的賣花小女孩，她的小妹妹莉亞

娜會繞到背後，把你洗劫一空。

黏答答手指幫是倫敦街頭的**傳奇人物**。有關他們惡行事蹟的謠言傳遍這座城市。可是沒人知道要到哪裡去找他們，除了愛爾西。

24 手印

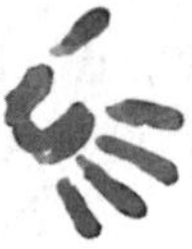

愛爾西注意到全倫敦的牆壁和建築物上都有小小的紅色手印。有一次深夜時分，她看到危險葛瑞絲在聖保羅大教堂的牆壁上留下一個手印。愛爾西確定那一定是某種暗號，某種幫派成員彼此聯繫的方式。所以愛爾西就跟蹤葛瑞絲，看著她留下更多手印，在唐寧街10號的門上，還有甚至是西敏寺的門上。

手印看起來就像箭矢，指向某個地方。

所以，教授要愛爾西出任務時，她便一路沿著記號走到國會大廈。然後她發現最後一個記號是在大笨鐘的塔樓上，記號指向上方。

這該不會是指黏答答手指幫的藏身處就在上面吧？

只有一個辦法可以確定。愛爾西撬開塔樓底層一扇小小的門，沿著樓梯爬到高塔最頂端。

「你好？」愛爾西踏進房間時喊著，巨大的鐘面在她身後，如滿月般若隱若現。

咚！大笨鐘發出聲響。

「有人在嗎？」愛爾西問。

女孩發誓她聽見窸窸窣窣的聲音。也許是一隻老鼠，也許不是。

「你好？我在找黏答答手指……」

在她還沒說出「幫」這個字以前，有人把一只布袋套到了她的頭上。

「救命啊！」她發出尖叫。

咚！

「住嘴！」不見蹤影的聲音對她噓聲。

愛爾西被拽到角落，她把袋子從頭上拿開。

咚！

幾個小孩從黑暗中現身。

「你這個臭傢伙到這裡來做什麼？」大喬質問。

咚！

柔伊把他推開。「小動物，你在這裡做什麼？如果你是想加入我們的幫派，最好先想清楚。」

咚！

薩納雅和莉亞娜姊妹把愛爾西拉了起來，然後把她當成了球般推來推去。
「你以爲自己很強，是嗎？」姊姊說。
「你連跟紙袋打架都打不贏。」妹妹補充。
咚！
突然，有人從後面推她一把。愛爾西轉過身去，是葛瑞絲，女孩猛扯愛爾西的耳朵。
「噢！」
「愛哭鬼！」葛瑞絲不耐煩地說。
咚！
喬治穿著他的唱詩班裝扮，往前站了一步，揮舞著一本讚美詩集。
鏘！
他把書往女孩頭上一砸。
「噢！」
「糟糕！」他咯咯笑著說。「我的讚美詩集掉了！」
咚！

現在輪到貝拉了。小女孩大步向前，把她的凳子重重放在愛爾西面前。她爬到凳子上，戳愛爾西的眼睛。

磅！

「啊！」

咚！

「你什麼都沒看見，對吧？還是你想要的話，我可以戳你另一隻眼睛？」

「不要，不要，拜託……」愛爾西懇求。

咚！

阿西雅和雅典娜接手對付，把女孩當作沙包。

「她就跟一盤果凍差不多強吧。」

「等我們解決她，她就會變成果凍了。」

咚！

最後，納莉往前站。她穿著對她來說太大的厚重靴子，踩小女孩的腳趾。

踏！

「啊！」

咚！

「現在沒那麼強了嘛，對吧？」納莉嘲笑她。「你爲什麼不逃回家去找媽媽呀？」

愛爾西做了一個深呼吸，開始想辦法。

「因爲……我跟你們一樣沒有媽媽。而且，拜託你們，我需要你們幫助某個人，或者其實應該說是某個東西啦，牠也沒有媽媽……」

「某個東西？」柔伊問。

黏答答手指幫的成員們全部向前靠近愛爾西。

愛爾西咧開嘴笑了，他們已經上鉤了。

25 在冰上當扒手

這是世界上最棒的床邊故事了。在大笨鐘的鐘樓上，愛爾西對這幫小小偷們講了整個故事，就跟蟲蟲之家的孤兒們一樣，女孩讓所有聽眾對她的故事如癡如醉。她告訴他們長毛象是怎樣被發現的，關於維多利亞女王的造訪，還有他們計畫如何用閃電讓長毛象起死回生。

「讓我弄清楚，」大喬說。「你需要我們幫你偷到一千條絲質手帕？」

愛爾西點點頭。

「這個嘛，」柔伊說：「對黏答答手指幫來說，一天就可以搞定。」

的確如此。而且啊，對愛爾西來說，是她有記憶以來最好玩的一天。

倫敦變得非常冷，冷到泰晤士河都結冰了。女士和先生們都穿上溜冰鞋，在冰上旋轉，正好是適合扒手們跳芭蕾舞的完美場景。那一天，愛爾西變成倫敦惡名昭彰的小孩幫派一員，他們往前俯衝、轉圈圈，還偷走東西。

叮！
一條絲質手帕。
又一條。
叮！
又一條、再一條、又一條。
叮！
一顆太妃糖蘋果，好吃。
叮！
一盒腳趾甲。
不怎麼可口。
叮！
一條絲質手帕。
叮！
又一條。

叮！
一件女士的燈
籠內褲？它們
怎麼會在主教
的口袋裡？

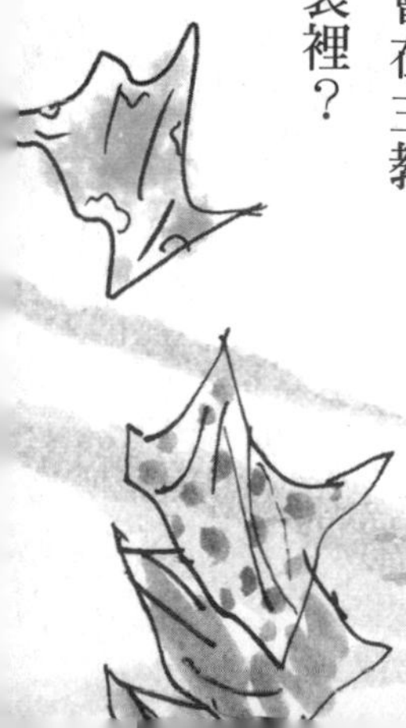

叮！
一顆蘇格蘭蛋。
叮！
一條絲質手帕。
叮！
又一條！
叮！
一隻手套。

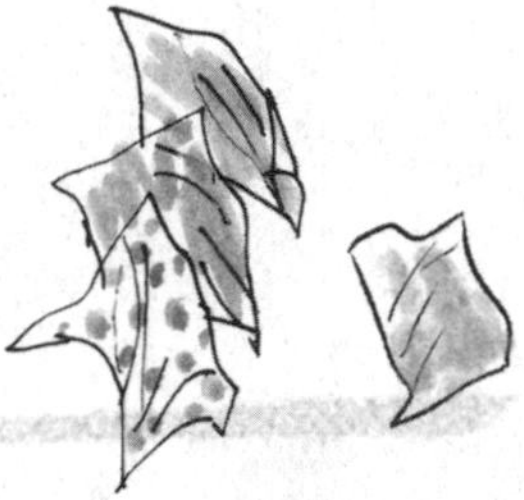

叮！
一瓶白蘭地。
叮！
一條絲質手帕。

這一天就像一場夢。

兩名警察滑過冰上時，愛爾西以爲這件好玩的事就要結束了。差得遠呢！黏答答手指幫實在是很高明的小偷，就連警察也偷！

叮！

一個起司酸黃瓜三明治。

叮！

一副手銬。

經過漫長的一天，意外地偷得很疲累，黏答答手指幫和愛爾西回到鐘樓分享他們的戰利品。

「我已經算不清我們究竟拿到多少條手帕了，」柔伊說。「不過這裡肯定超過一千條！其他的東西我們就送給窮人！」

「耶！窮人就是我們啊！」喬治鼻孔噴著氣。幫派所有的成員都笑了。

至於愛爾西呢，她的眼神閃爍著喜悅。在她新朋友們的幫助下，她達成了不可能的任務。現在她可以凱旋回到自然歷史博物館了。

「祝你好運囉，孩子。」貝拉說。

被很顯然比自己還小的人叫「孩子」眞的很奇怪，可是貝拉很容易發火，所以愛爾西就不計較了。

「再見。」說完，愛爾西便把一大包手帕用力拽到肩膀上，在鐘聲敲響八次時，她迅速離開鐘塔。

鏘！鏘！鏘！

鏘！鏘！鏘！

鏘！鏘！

女孩做到了。

26 一個小問題

愛爾西把一千條絲質手帕和一條女士燈籠內褲帶去給教授。他立刻要愛爾西和達蒂開始把所有手帕縫在一起，做成氣球的樣子。其他教授要求的有的沒的東西也都找來了。週末時，不可能湊在一起的三人組已經準備好了。

暴風雨雲聚集在倫敦上方，教授決定，今晚就要讓氣球飛上天空。現在是時候了，驗證已經死了一萬年的史前生物能不能起死回生。

可是，在那之前，還有敲敲先生這個小問題。警衛會在夜裡巡邏自然歷史博物館，而且雖然他不是最聰明的人，他還是很有可能注意到一隻活生生的長毛象。

喀噠喀噠喀噠！

你在一英哩之外，就可以聽見他那雙釘子靴的聲音。

「晚安啊，敲敲先生，閣下。」達蒂說著，假裝在拖走廊的地板。

「你為什麼還在這裡？」警衛問。敲敲喜歡踩踏一遍所有乾淨的地板，這樣可憐的達蒂就得從頭再打掃一遍。博物館已經閉館很久了，敲敲一向習慣這個時間獨自享有博物館，達蒂早該離開了才對。

「對呀，敲敲先生，閣下。你看，天花板上有一塊非常頑強的污垢。」

「天花板？」

「是的。」

「天花板上怎麼會有汙垢呢？」

「也許有誰打翻了茶，結果茶往上面潑灑了。」

「往上面？」

「這是有可能發生的。」

敲敲往上看，「我什麼也沒看見啊。」

「繼續看。」達蒂慫恿他。

這是在提醒愛爾西。敲敲沒有發現，她從他的雙腿間爬過，開始解開他很長的鞋帶。

達蒂偷瞄了一眼女孩的進度。

「沒有污垢呀。」男人說。

「繼續看！」

然後愛爾西開始把他靴子的鞋帶綁在一起。

「女士，我認爲你的眼睛終於毀了。」

「繼續看。」

愛爾西對達蒂點點頭，那是她的暗號。清潔女工突然拎起她的水桶，往敲敲頭上罩下去。

匡啷！

男人什麼也看不見了。

「是誰把燈關掉了？」

因爲他的靴子被綁在一起，他也走不了。

「快點！」愛爾西大吼，她和達蒂一起把他綁起來關在清潔櫃裡。

「放開我！」

她們甩上門。

咚！

然後把門鎖上。

喀答！

碰！碰！碰！

敲敲搥打著門。

「放我出去！」

在門外，有對拍檔笑得像是頑皮的學校小孩。

「嘻！嘻！哈！」

「對了，」愛爾西說：「我們來辦正事吧。」

27 雷雪

愛爾西站在自然歷史博物館其中一座塔樓頂端，她要達蒂聆聽。

幾分鐘後，女士不安地問：「我們在聽什麼聲音啊？」

「在聽無聲的聲音。」女孩回答。

「沒有聲音那要怎麼聽？」

「噓！」愛爾西喝責道。「你聽，樹上的鳥兒安靜下來了。」

「對耶。」達蒂回答。

在她們頭上，黑色的雲朵席捲整片天空。

「這太冷了，不會下雨吧。」女士說。

「不會下雨的，會下雪，而且會是**雷雪**。如果你露宿街頭，就會很清楚這種事。」

「**雷雪？**聽起來好戲劇化喔。你覺得下雷雪的時候，我們待在這裡安全嗎？」

「不安全。」

「我也覺得。噢天啊！如果我發生了任何事，請告訴小不點我愛他。」

「噢，對。你還有小不點。」

「你會在皇家醫院找到他，是他借我們這頂錫頭盔的。」

「噢，對。好迷你喔！」

「好東西總是包裝得小而巧嘛。然後啊，我要把我在這個世界上的所有東西：我的拖把、刷子，還有水桶都留給你，愛爾西。」

「你眞好心。我好感動啊，達蒂。我是說眞的。」

「可是如果我在天堂找到清潔的工作，我會要回來。懂嗎？」

「懂。你需要的時候，隨時都可以要回去，不管是在這個世界，還是下一個世界。現在，我們讓火點著吧。」

她們把注意力移到手作的熱氣球上，那是遵從教授的指示縫製的。

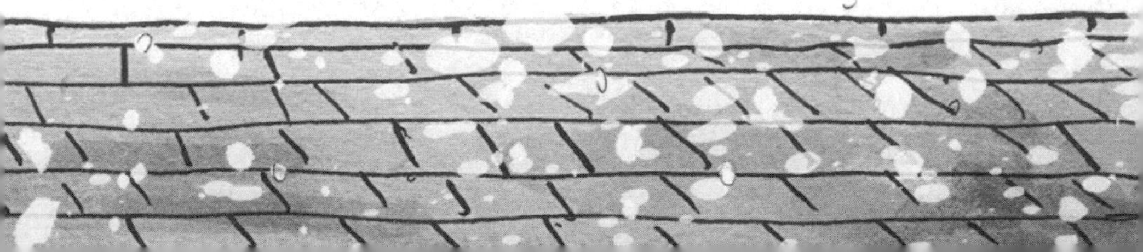

試了幾次後，她們成功讓鼓裡的木頭燒起來了。熱空氣開始上升，手帕製成的氣球——還有一件燈籠內褲——慢慢地膨脹起來。縫縫補補的氣球奇蹟般的牢固。

色彩繽紛的球體愈來愈大，愈來愈大，直到可以乘載達蒂不容小覷的重量。

愛爾西轉向達蒂。

「等我拉動銅線三次，就表示另一端已經固定在長毛象的心臟上了喔。」

「長卯象的？好的。」

沒時間糾正她了，所以愛爾西繼續說下去。「在同一時間，而且只能在這個時候，你要駕駛熱氣球到空中，了解嗎？」

「好的，三倍了解。」達蒂點點頭。

隆！

閃電的聲音在天空裡迴盪。

塔樓的側面有一座窄窄的煙囪，那煙囪的洞口跟晚餐的餐盤差不多寬。愛爾西呼出自己身體裡所有空氣，然後伸腳進入煙囪，開始往下爬。

「在下面見囉。」她朝上方喊。

「你是不是忘記什麼啦？」達蒂問。

愛爾西抬頭看著女士，覺得有點疑惑。「銅線呢？」達蒂說。

「噢，對。那個會很有用。」愛爾西說。

「你就跟我一樣不靈光！」達蒂咯咯笑了出來。

愛爾西把銅線的一端咬在嘴裡後，就消失在黑暗中。女孩的手腳慌亂地搜索著旁邊可以抓住的大大小小的縫隙。最後，她終於看見底下一小塊的光線。那是博物館館長辦公室的火爐。

嘎——

「啊！」女孩尖叫。

有東西在攻擊她。

有羽毛、有鳥喙、有爪子！

是一隻鳥！牠一定是在煙囪裡築巢。

這個生物似乎跟愛爾西一樣害怕。他們同樣手忙腳亂，拚命地求生存。

在這混亂中，愛爾西開始快速往下墜。

「**啊啊啊啊！**」她大喊。

28 巨大的彈弓

好像不過是一秒以後，愛爾西就癱在雷．蘭克斯特爵士辦公室的橡木地板上。女孩週遭揚起一陣煤煙，她忍不住咳嗽又嗆著口水，努力試著呼吸。

「咳！咳！咳！」

這陣煙雲散開以後，她發現自己跟一隻長著角的生物面對面。

「不！」

她趕緊伸手阻擋這隻生物的攻擊，後來才發現牠是標本，下面的底座寫著庇里牛斯山羊——但愛爾西其實看不懂

上面的字啦。

女孩踉蹌起身，雖然她全身都很痛，但至少骨頭沒有斷。

愛爾西把銅線牽在手裡，躡手躡腳地走到辦公室門邊。

她轉了轉嘎嘎作聲的把手，門被鎖起來了！

可惡！計畫不是這樣的。

鑰匙一定在房間的某處。愛爾西打開每個抽屜查看，翻箱倒櫃，掃過每座架子，可是哪裡都沒有。房裡有一座衣櫥，她連裡頭衣服的每個口袋都摸過了，可是就是沒有鑰匙。

愛爾西又看了看那隻奇怪的長角生物，那隻生物也回看她。庇里牛斯山羊標本是完美的破門槌欸！

她跳到這隻生物的背上，抓著它往前衝，撞向厚重的橡木門。但門根本紋風不動。

叮咚叮！

愛爾西想到一個主意。她回到衣櫥那，從一件掛在那兒的吊帶長褲抽出Y

型背帶，她把背帶的一端綁在厚重的桌腳上，再把另一端綁在門把上。接下來，她把庇里牛斯山羊放在背帶前方就定位。然後她用盡全力把標本往後拉到最後面。

愛爾西設置了一副巨大的彈弓！

等到再也拉不動時，就放開手。背帶將山羊標本發射到辦公室另一端，打穿了門。

碰！

木頭碎片飛散到空中。

嘩！

愛爾西忍不住對自己破壞的傑作露出微笑。
她撿起銅線的尾端，臉上掛著笑容，輕鬆優雅地穿過門上的洞。

29 恐龍梯子

在主大廳，教授坐在他的輪椅上，臉朝上瞪著冰原怪獸看。冰凍的煙霧不斷從玻璃箱冒出，愛爾西衝下階梯到他身旁。

「冰塊！它在融化！」她驚呼。

「是的，孩子。我關掉冷卻系統了，」教授回答。「否則我們永遠沒辦法把那根銅線的尾巴接到這隻生物的心臟裡。」

「可是如果我們讓牠起死回生後，牠直接淹死在水裡要怎麼辦？」

「我想到那種情況了，小小姐，所以才會有這個呀！」

他從輪椅底下拿出了他製做的可怕工具，看起來介於槌子與斧頭之間。

「一把斧槌？」

「是的，孩子。這可以把玻璃打破。現在，你準備好了嗎？」

「準備好什麼？」

「當然是潛到水槽裡去呀。」

「我嗎？」

「對呀，你。」

「我不會游泳欸，要是我溺死怎麼辦？」

教授思考了一會兒。「那樣的話，野孩子，你會名垂千古的。」

「名垂千古？」

「對呀，名垂千古，成爲這個故事的註腳[3]，這個故事是在說我——偉大的教授——如何讓冰原怪獸起死回生。現在快爬到水槽上面吧。」

愛爾西環顧大廳。「教授，你有梯子嗎？」她問。

男人的表情沉了下來。「糟糕，我忘記這件事了。」

「你也沒有那麼偉大嘛，對吧？」女孩暗自心想。

教授緊緊抓住斧槌。

「我會想到辦法的。」愛爾西說。

她環顧大廳尋找什麼——任何東西都好——可以用來當梯子的東西。愛爾西明白答案就站在她身邊。

「梁龍！」她高喊。

超巨大的恐龍骨骸就聳立在她上方。

「你能爬上去？」他問。

「當然！我有猴子腳欸！我會把它想成恐龍梯子！」

「我的點子眞是太聰明了！」教授宣稱。「接下來，等你到玻璃箱的時候，你一定要往下游到這隻生物的心臟旁。」

「我已經告訴過你了欸——我不會游泳啊！不過，我會往下沉！」

「你是什麼意思？」

「教授，我可以借那把斧槌嗎？」

「請便。」

女孩拿走教授手上的斧槌。拿起來眞的很重，可是她盡力假裝成它沒那麼重。她大步走向一座裝著足球大小石頭的玻璃櫃。

3 註腳就是寫在書頁最左邊的簡短註記，就像這樣。

匡啷！

她打破玻璃，把石頭推出來。

「那是隕石耶！」教授說。

「給你，」她說，把斧槌還給教授。

「這顆隕石會讓我沉下去。」

「我的主意真是太棒了！」他沉思著。

愛爾西把銅線尾端放回她嘴裡，然後抱起石頭。她的猴子腳緩慢地、確實地沿著恐龍尾巴的骨頭往上爬。

彷彿抱著隕石爬上恐龍骸骨還不夠艱難似的，博物館裡非常昏暗。唯一的光線，是覆蓋著霜雪的窗外，時不時一閃而過的閃電。

「快點！」教授下令。「我們就快要錯過閃電了！」

「我盡量趕快了！」女孩回嘴。

骨頭本身很光滑，表示很容易在上頭滑倒。愛爾西慢慢地爬，盡可能用腳緊緊地攀住骨頭。不一會兒，她就爬到恐龍骨骸的背上。這個部分的骨頭寬度比較寬，她能加快速度了。現在女孩已經在脖子處，爬到了非常上面的地方。

愛爾西向下看，這麼做眞是個錯誤。要往下爬的路可長了呢，她立刻感到頭**暈**。她閉上眼睛，但只是讓她感覺更**搖搖晃晃**。

「你爲什麼停下來呢，你這個沒用的、差勁的孩子？」

愛爾西深呼吸一口。一道閃電剛好打在窗外，那瞬間，閃電照亮了一切。女孩知道她必須現在行動。手上還抱著隕石，她往前了一步，然後又一步、再一步。很快地，她就已經在恐龍骨骸脖子的一半了，再跳一步，就可以抵達長毛象的保存箱了。

轟！

一陣雷聲響徹雲霄，連博物館都震動了一下。

這讓愛爾西的心停了一拍，然後她的腳站不穩了。

「啊！」她發出尖叫。

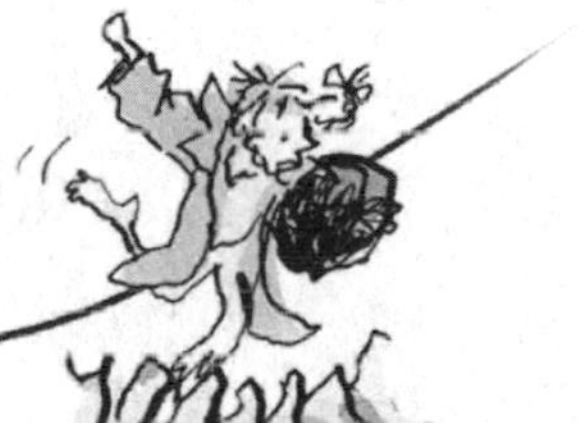

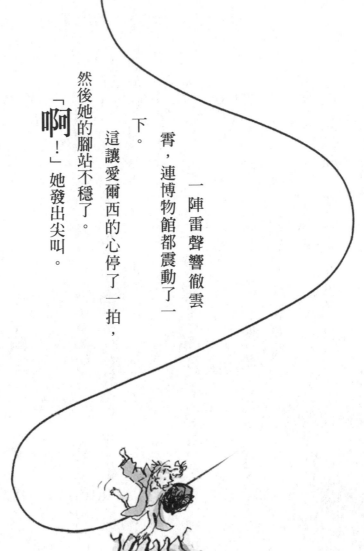

30 暴風雨的心

愛爾西向前滾落。還好，一個美麗的巧合，她的外套後面勾到梁龍其中一根骨頭上。還不太明白發生了什麼事，女孩發現自己懸在空中搖擺，而且神奇的是她還抱著隕石。

「我還活著！」她驚呼。

「對呀，我看得出來，你這個愚蠢的孩子。現在拜託一下，別再磨磨蹭蹭了！我們沒有整個晚上的時間。」

女孩把腿往前盪，攀住頸部的骨頭。她的腿緊緊夾住展示骨骸，鬆開被勾住的外套，再利用隕石的重量，把自己盪回骨骸到上面。

梁龍的頭骸骨離玻璃箱非常近，只

有吐一口痰的距離，她從那裡跳到玻璃箱上面。

咚隆！

玻璃箱是冰凍的，她的腳趾因爲冰凍而感動刺痛。

「你找到掀門了嗎？」教授質問。

愛爾西往前看。「找到了！」

「轉開邊緣的螺栓。」

她放下隕石，打開掀門。

「現在進去，把銅線的尾端壓進長毛象的心臟，就在我之前告訴你的位置。」

愛爾西點點頭，抱起隕石，往下跳進冰冷的水裡。

撲通！

「啊！」她驚叫，冰凍的水嚇著她，幾乎沒辦法呼吸。還抱著隕石的她，像一顆石頭般向下沉。才一秒鐘的時間，她就沉到最底了。

教授從他的輪椅上急忙地對愛爾西指出這隻生物心臟的位置。

愛爾西放開隕石往上浮，把銅線尾端深深插進長毛象的胸膛。她現在感覺要窒息了，所以讓自己浮到最頂端。她的頭在掀門處上下晃動，用力吸著空氣。她渾身都因爲寒冷而發抖，她用力爬出玻璃箱，躺在最上頭，全身溼透顫抖著，慶幸自己還活著。

「別光躺在那裡啊，孩子！」教授向上方呼喊。

「現……現…在怎麼了？」

「看看窗外，我們正身處暴風雨中欸。時機是關鍵，你得拉銅線三次作爲信號，讓達蒂知道現在該坐進熱氣球裡出發了！」

女孩按照教授的指示做了。

拉！拉！拉！

接下來，愛爾西從玻璃箱跳回梁龍的頭骨上。沒有多久，銅線就收緊了。

「完美！」教授喊著。

在博物館的屋頂上，又冷又悲慘的達蒂終於收到信號了。她用最快的速度鬆開綁住籃子的繩子，飛向了天空。

颼！

這位女士直直飛進暴風雨的中心。

不久，陣陣閃電就在她身旁爆裂。

轟！轟轟！轟轟轟！

儘管她知道這麼做瘋了，她仍把熱氣球駛向它的航道然後……

磅！

……一束電光擊中了氣球頂端的錫頭盔。

滋！

電流穿過銅線，銅線發出了亮光。

嘶嘶！

「噢不，」達蒂低聲對自己說。「我覺得我尿出來一點了！」

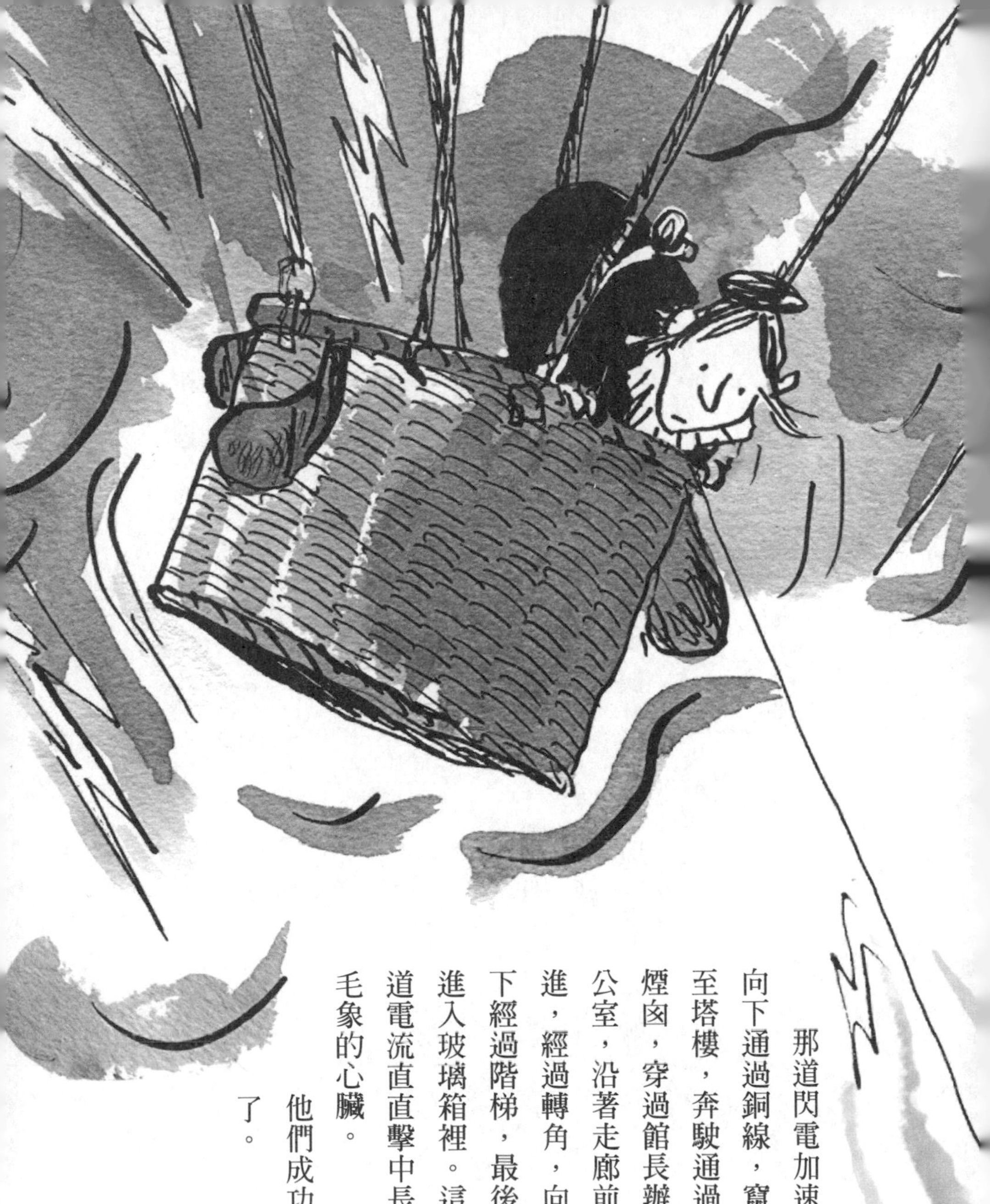

那道閃電加速向下通過銅線，竄至塔樓，奔馳通過煙囪，穿過館長辦公室，沿著走廊前進，經過轉角，向下經過階梯，最後進入玻璃箱裡。這道電流直直擊中長毛象的心臟。

他們成功了。

有嗎？

教授和愛爾西繼續盯著眼前看，什麼事也沒有發生。

什麼也沒有。

沒有。

沒。

一點都沒有。

「不！沒有用！」教授怒不可遏。

「等一下，」女孩輕聲說。「我感覺到有什麼東西不一樣了。」

愛爾西把手放到玻璃上，仔細凝視著長毛象的眼睛。

除非她的理智在逗弄她，不然她很肯定這隻生物也直直地看著她。

接著，最美好的事發生了。

牠眨眼睛了。

「你看見了嗎，教授？」愛爾西驚呼。

「什麼？」

「牠眨眼睛了！」

教授在輪椅上興奮得發抖。他深呼吸一口氣後，才接著高呼：

「牠復活了！」

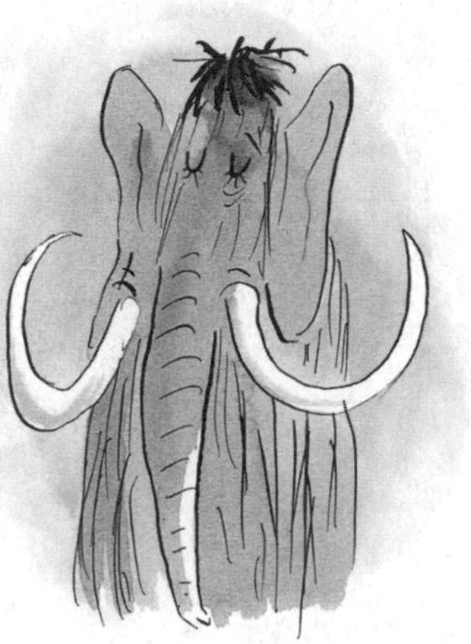

31 不要東張西望

愛爾西環抱住教授，緊緊地抱著他。

「我們成功了！」她高喊。

「沒錯！我成功了！」他呼嚕說著。「現在立刻放開我。」

現在慶祝還太早，因爲長毛象開始衝撞玻璃箱了！

牠發出叫聲，聲音被水掩蓋。「呼嗚！」

如果他們不把這個生物弄出來，而且是趕快，牠會淹死的。

教授滑過去，把斧槌舉到頭上，用它砸碎玻璃。

匡啷！

玻璃開始出現東一條、西一條的裂痕。

「呼嗚！」動物在水底下喊著。

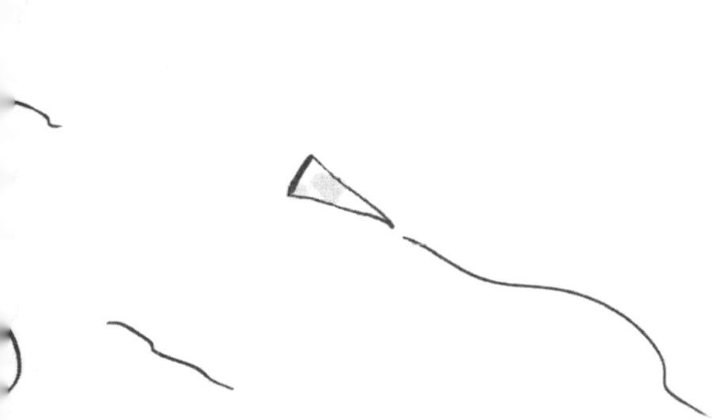

這隻生物踉踉蹌蹌地往前，用牠的象牙擊打玻璃。

匡鏘！

在一瞬間，玻璃裂開，冰冷的水淹沒了大廳，讓愛爾西失去了平衡，教授也從輪椅上摔落。

咻！

「啊！」女孩被猛烈地沖向石階。

咚！

教授重重地撞到了頭，一頭埋進水中，輪椅漂到離他身邊幾呎遠的地方。

「教授！教授！」女孩呼喊著。

突然，老人睜開眼睛，愈睜愈大。

「不論你做什麼，」他開口說：「不要東張西望。」

當然，還有什麼比「不要東張西望」更讓你會東張西望的呢？

女孩慢慢地往後轉頭看。

長毛象就在她後面，抬起牠的前腿站起來了。

「呼嗚！」

那象腿往下踏的時候，就是愛爾西和教授的死期。

32 敲醒

在長毛象巨大的腳踩到地板前，愛爾西及時用力把教授拉了出來。

碰！

「呼嗚！」長毛象大叫著。

「牠爲什麼想殺了我們？」女孩大喊。「我們剛剛才讓牠起死回生耶！」

「牠是活生生的野獸啊！」教授回答。「牠不會跟你說『謝謝』！現在，看在老天的份上，救救我！」

愛爾西抓住老人腋下，把他拉上巨大的石階，階梯可以通往大廳。他們兩個人才爬上幾階時，長毛象開始轉圈圈，還一頭撞進梁龍的骨骸。

轟！

巨大的骨頭如打雷般散落在他們四周時，愛爾西急忙蹲低躲避。

喀！

咚！

其中一根骨頭飛過來打中教授的額頭，讓教授昏了過去。

「教授！」愛爾西大喊。女孩拍打老人的臉，想叫醒他。發現完全沒用時，她再把他拖上幾級階梯，躲離這隻動物。

長毛象開始走近他們。愛爾西把教授拖到台階的一半時，長毛象正好走到了階梯旁。

這隻生物肯定沒辦法跟著他們上階梯吧？

愛爾西害怕的事發生了，牠可以！

「不！」女孩喊著。

長毛象把牠巨大的腳不穩地放在第一個台階，然後移到第二個台階，再移到第三個台階。

碰！碰！碰！

急著繼續往上逃的愛爾西，放開了教授。他的頭撞到了石梯。

砰咚！

正常來說，這樣足以把某個人敲昏，可是因爲他之前就被敲昏了，所以效果正好相反。他被敲醒了。

「唉唷！」他喊著。

「你醒了！」愛爾西回答。

「我錯過什麼了嗎？」

「我們還是會死掉啊。」

「噢不。」

「呼嗚！」

長毛象再次發出獨特的叫聲，牠高舉著象鼻，尖銳的象牙此刻距離他們兩個人的臉只有幾英吋。這隻生物的頭用力往後甩，彷彿準備好要刺穿他們。

「救命啊！」女孩大叫。

就在這個時候，他們頭上出現劇烈的撞擊聲。

喀碰！

達蒂的熱氣球直直地穿過大廳才剛剛修復的玻璃彩繪窗。

鏘磅！

熱氣球急速降落在大廳，柳條籃子猛力撞上了長毛象的頭。

蹦咚！

「呼嗚！」

這個叫聲聽起來跟之前的不一樣，像是恐懼的叫聲。長毛象被擊退，往後方小步逃跑，穿越大廳，躲到一座拱門的黑影處。

同時，籃子磅的一聲落地，打滑橫過地板，直到撞到牆邊才停止。

碰咚！

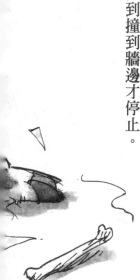

「哎呀！」達蒂發出聲音。清潔女工急忙爬起身時看了一下現場。散落一地的恐龍骨頭、窗戶和水箱的碎玻璃、一處處冰冷的水灘、壞掉的籃子，還有用一千條手帕和一條燈籠內褲縫製的熱氣球。

「調皮搗蛋的長卯象，」達蒂驚叫。「看看這團髒亂！我得花一整個晚上才有辦法全部打掃乾淨耶！」

「愚蠢的女人！那根本是最不重要的問題！」教授打岔。「這隻野獸剛才試圖要殺了我們耶。對吧，愛爾西？愛

爾西？」

教授根本不曉得，女孩已經走到拱門，想要更靠近看長毛象。

「回來，你這個愚蠢的小孩！」教授大吼。

「噓！」女孩噓聲道，「你嚇到牠了！」

「不管你想做什麼，**不要碰牠**！」教授大喊。

勇敢的小女孩不理他，她伸出手想摸這隻生物的象鼻——那是牠唯一沒有躲在黑暗中的部分。

一開始，長毛象的象鼻在女孩手的周圍蠕動，就像被弄蛇人引領的蛇一樣。然後愛爾西平放她的手，奇妙的事情發生了。

史前時代和現代相遇了。

他們碰到彼此了。

33 一個名字裡有什麼？

「牠眞美。」女孩輕聲說。

愛爾西一點一點地贏得這隻生物的信任。一開始，她的手只有碰觸一下長毛象象鼻的尾端，這隻動物向後退了一步，然後女孩再試了一次。爲了不驚嚇到牠，她盡可能溫柔地輕撫象鼻上的毛髮。動物向她貼近了一點。愛爾西認爲這表示可以繼續的意思，所以她撫摸得愈來愈久，漸漸開始輕拍牠的臉頰，這讓動物縮起身子。愛爾西察覺自己的手太靠近長毛象的眼睛，就把手移開一些。她甚至試著搔了搔長毛象的下巴，因爲流浪貓都很喜歡這樣。而且，就跟流浪貓一樣，長毛象也發出了小聲的呼嚕呼嚕。

在愛爾西身後，兩個成年人慢慢靠近，教授回到輪椅上，達蒂推著他，兩個人都不敢相信自己的眼睛。

「眞是太奇特了，」教授喃喃自語著。「他們之間有一種特別的連結。」

「就像我和我最愛的拖把，」達蒂說。

「我覺得牠只是想媽媽而已。」女孩低聲說。然後她告訴長毛象：「別擔心。我會照顧你，我保證。」

雖然這隻動物聽不懂，但牠能感受到。愛爾西語調輕柔，撫摸牠、搔搔癢，長毛象感覺得到女孩的善良。

「這真的是歷史性的一刻！」教授誇耀著。「歷史上全部都會是關於我的事！本世紀最偉大的科學家。不！有史以來最偉大的！」

達蒂翻了白眼。「又來了。」

「我，也只有我，再次賦予已經死去的生物生命！我是真實世界的法蘭康斯坦博士，這怪獸就是我的科學怪人！」

教授舉起手碰觸長毛象，這隻生物立刻退回黑暗中。

「牠不是怪獸！」愛爾西回答。她很快地溜到長毛象身體下看了看。「牠是女生！而且她不是你的，不是任何人的！我們已經放她自由了！」

「我才不在乎這個東西喜不喜歡我！」

「叫牠『東西』好像有點糟耶！」達蒂插嘴道。「她需要一個名字。」

愛爾西和達蒂思考了一會兒。

「毛毛！」女孩高喊。

「你不能叫牠『毛毛』！」教授回答。

「爲什麼不行？」達蒂問。

「不，不，不！」男人斥責。「還用說嗎？這樣太無聊了！就像叫一隻狗『狗狗』！」

「那對狗來說是好名字欸，」達蒂回答。「眞希望我之前有想到。那我就可以叫我的貓『貓貓』了。」

「老天爺饒了我吧！」教授說。

「嗯，我們來投票嘛。」愛爾西生氣地說道。

「女人沒有投票權。」男人斷然拒絕。

女孩扮了一個鬼臉。「的確還沒有，不，可是這件事我們可以投票。」

「怎麼可以？」他問。

「因爲我說了算。現在，如果你想把這隻長毛象取名爲『毛毛』，就舉手贊同。」愛爾西說。

兩位女生各舉起一隻手。

「看樣子你輸了，教授。」女孩偷笑。

「可惡！該死！」他大發雷霆。

「那你想叫牠什麼？」達蒂問。

「我要用我的名字來命名！」[4]

4 許多事物都是用讓它知名的人名來取名。舉例來說，威靈頓靴就是用威靈頓公爵來命名。

「嗯，還眞不意外啊。」女士暗自心想。

「取名爲教授嗎？」愛爾西問，她困惑得臉都皺在一起了。

「不，不，不。歐斯柏・博川・克斯伯特・法恩納比・比佛利・史密斯教授長毛象！」

「那也太拗口了吧，」達蒂說。「不好啦，要講這個名字也花太多時間了吧。她要叫做毛毛，就這樣決定了。」

「不公平！」他有點生氣。

「而且不要想碰她，奧斯瓦・伯納比・蛋奶凍・碧脆司管你什麼蠢名字。她不喜歡你，」愛爾西說。「毛毛？毛毛？」

女孩再次把手伸出來，這隻動物的象鼻慢慢從黑暗裡伸出來。她碰了一下象鼻的尖端，然後再往上撫摸。

「她一定餓了！」達蒂說。「如果我睡了一萬年，我也會餓。我是不是該做一個好吃的起司酸黃瓜三明治[5]給她？」

「長毛象才不吃起司酸黃瓜三明治。」教授劈頭就說。

「火腿酸黃瓜三明治？」

「不對！牠們也不吃火腿和酸黃瓜，牠們什麼種類的三明治都不吃啦。三明治可是一百年前才發明的咧。」

「好吧，天才。那長卯象吃什麼？」達蒂追問。

「牠們是草食性動物啦！」教授回答。

「草食誰？」女士嘟囔著。

「草呀！樹葉呀！植物呀！還有很多這類的東西啦！」

「嗯，那我們最好帶她去公園。」愛爾西說。

教授搖搖頭。「我們不能把這隻生物帶到外面的世界去啦！」

「爲什麼不行？」女孩問。

「因為牠應該待在籠子裡。」

5 三明治是以三明治伯爵四世命名的，因為這個主意是他想到的。

34 籠子

「籠子？」女孩驚呼。「你不能把毛毛關進籠子裡！」

長毛象一定是發現這兩個人類在爭執，所以躲到了愛爾西身後。她盡可能地躲在一個小女孩後面，但長毛象能躲藏的部分其實並不多。

「對呀，籠子。對於像這麼危險的生物來說，是個安全的地方。」他回答。說完這句話，他就轉動輪椅到靠近大廳主入口的地方，拉動一枝控制桿。一道陷阱門打開，一座巨大的鐵籠從地板上升了起來。

匡！噹！匡啷！

噪音在大廳裡迴響，讓長毛象退到更深的黑暗裡。

在很大的一聲「喀答」後，陷阱門關閉了。

「看！」教授驕傲地說。「我在裡頭幫這隻野獸準備了食物和水。」他指

著籠子裡的兩個容器。

「這個籠子沒有比她大多少欸！」女孩抗議。

「牠在裡面很安全的，相信我。」

愛爾西憤怒得臉都脹紅了。「我一點也不信任你，計畫不是這樣的。」

「你眞的認爲我會把這隻一萬歲的生物放到倫敦街道上晃來晃去？」

「可是我……我……嗯……」就這麼一次，愛爾西不曉得自己該說什麼。

達蒂站在她這邊。「這個女孩只想要放毛毛自由！」她高喊。

「這隻怪獸自由啦，」教授開口說。「牠從冰塊裡自由啦，從歷史的墳墓中放出來啦。牠餘生都可以自由自在地活在籠子裡，可是想看她可不是免費的。噢不！我會開設我自己的史前動物園，這個世界上唯一的一座。我就要賺大錢了。看一次要付三千元，人們會從世界各地來看這隻怪獸。」

「你才是怪獸！」愛爾西憤怒地說。「如果早知道這是你的計謀，我才不會幫你做這些事！」

「我想也是啊，孩子。這就是爲什麼我覺得這部分的計畫要對你們保密，直到利用完你爲止。謝謝你喔。晚安囉，你可以走了。」

「你不能這樣對我們！」女孩大吼。

「我已經這樣對你們啦，」男人這樣回答。教授把輪椅滑過大廳，到達籠子邊，然後抽出一把青草，在手裡搖了搖這束草。「來吧，歐斯柏・博川・克斯伯特．法恩納比．比佛利．史密斯教授長毛象！晚餐時間到囉！」

長毛象一動也不動，教授的臉色沉了下來。他從輪椅的一個皮袋裡，掏出一把手槍。

「也許這可以說服他。」說完便將手槍對準長毛象。

愛爾西站到毛毛前面。

「那你得先殺了我才行！」她說。

35 永遠的沉睡

「噢，還有我！」達蒂說，站在女孩身後稍微安全一點點的位置。

「爲什麼你讓這個美麗的生物起死回生後，卻只是想要殺了她？」愛爾西質問。

「這把槍裝塡的是飛鏢，不是子彈，」教授回答。「飛鏢前端塗了一種強效的安眠藥，能讓大象在幾秒內昏睡。」

「如果用在人身上呢？」愛爾西問，她感到非常害怕。

教授竊笑。「那會讓一個人永遠沉睡。」

「所以你打算殺掉我們，直到我們死掉爲止？」達蒂問。

「這說法有點不合理，不過，簡言之，你說得對。」他回答，然後把槍直接瞄準她。

「你這個壞人、壞蛋！」女孩說。

「謝謝你唷。」他回答。

「如果你得殺了我，就殺吧，」愛爾西說。「你不能讓毛毛這輩子都關在籠子裡。」

「你不能阻止我，孩子。」

「也許我可以。」達蒂說。

女士伸手抓到身邊熱氣球籃子的殘骸。她用盡全力，把這個東西扔過大廳，拋向教授。

咻！

教授很快地把輪椅移開，閃開攻擊，籃子撞到牆上後毀了。

咚！

「你得更高明一點，」他發出喉音說。「要高明很多。」

愛爾西撿起梁龍其中一根骨頭，長毛象之前已經幫忙他們在地板上重新排列組合過了。

「那這個呢？」她問，把骨頭揮往他的方向。

「永別了，野孩子。」他說，把槍指著她的胸膛。

教授扣下扳機。

噗！

愛爾西反應很快，她把骨頭舉起來防衛。飛鏢卡了進去。

啪答！

「哈哈！」女孩說。

「別擔心，孩子，我飛鏢還多著呢。多得不得了。」

他立刻把手探進口袋摸索，再找出一枝飛鏢。這舉動爲兩位女生爭取了寶貴的時間。愛爾西抬起一邊的氣球。

「快點！」她對達蒂大喊。女士也跟著她做，然後她們跑向教授，讓氣球像巨大的床單一樣蓋住他。

噗咻！

「把這個東西從我身上拿開！」他在一千條手帕還有女士的燈籠內褲底下大聲吼叫著。

「現在快用恐龍骨頭用力敲他的頭！」達蒂大喊。

愛爾西以前從來沒有敲過任何人的頭，而且當然更沒有用恐龍骨頭敲過，可是凡事都有第一次。女孩衝過去，站在手腳胡亂擺動的身影旁，不確定接下來該怎麼辦。

「敲他呀！」達蒂大喊下令。

愛爾西照做了。

咚！

「噢！」教授痛得尖叫。

「還不夠用力！」女士抱怨。

「夠了，已經夠用力了！」氣球底下傳來模糊不清的聲音。

「再用力一點！」

又敲了一下。

咚咚！

「噢！」

「再用力一點！」達蒂說。

「不不不！」教授懇求。

「無三不成禮，」愛爾西自言自語。她用盡全身的力氣，把骨頭朝男人頭上敲了下去。

咚咚咚咚！

這一次，教授沒有叫出聲音，而是從他的輪椅上跌了下去。

癱軟～！

「那可能又太用力了。」達蒂說。

愛爾西抬頭看著彩繪玻璃窗上的大洞，那是剛剛被達蒂撞穿的。暴風雪已經停了，天色逐漸要亮了。

「我們得把毛毛弄出去，」愛爾西說。「而且要快。」

可是她們四處張望，長毛象不見了。

「噢不，」達蒂說。「我們弄丟她了！」

36 長毛象不見了

你可能會覺得長毛象那麼大，怎麼可能弄丟，可是愛爾西和達蒂就是讓這種事情發生了。

「毛毛！」女孩大喊著。

「我不覺得她會像狗狗那樣跑過來。」女士說。

「她不可能跑太遠呀。」

愛爾西看著博物館的地板，尋找任何可能是長毛象的腳印，她發現有一道通階梯上的腳印。

「她上樓了！」女孩說。

「噢不，」達蒂說。「我昨天晚上才清理過樓上耶。」

「她爲什麼要上去咧？」

女士想了一會兒。

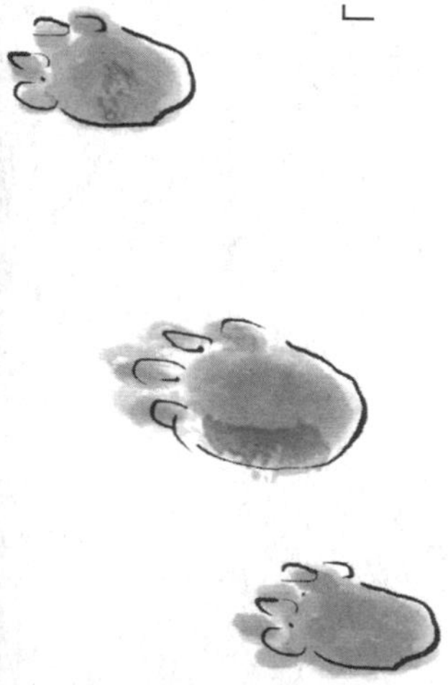

「也許她想看看蝴蝶區？」

愛爾西搖搖頭。「走吧，我們到樓上去看看。」

除了在破窗外呼嘯的風聲，博物館安靜無聲，顯得怪異。她們兩人一路循著腳印走到頂樓，在圖書室外面停了下來。

「我不曉得長卯象會看書耶。」達蒂說。

愛爾西不可置信地搖搖頭。「那她還能去哪裡呢？」

「嗯，這裡是博物館的頂樓。她不太可能一直爬到……」

在達蒂還沒說出「屋頂」時，上方傳來一個震耳欲聾的聲音。

轟咚！

這兩個人面面相覷，答案顯而易見。

蹦！

碎片開始從天花板掉落下來。

「我們要怎麼從這裡到屋頂咧？」女孩問。

「只有這條路，跟著我。」

她們往上爬了一層。

在她們眼前的牆面上，有一個和長毛象身形一樣大的洞。

「比亂七八糟還要亂七八糟嘛！」達蒂囉嗦著。

她們走到洞前，看見令人震驚不已的場面。長毛象站在屋頂上，目光越過整座倫敦，看著劃破天際線的黎明。

要是能畫下這個場景一定棒極了，可惜現在不是作畫的時候。

「毛毛！」女孩踏上屋頂時喊著。「你在上面這裡做什麼呀？」

動物跟女孩不聽大人的話一樣，沒聽見她的聲音。動物繼續盯著前方。

「她在看什麼東西呀？」達蒂問。

愛爾西循著這隻生物的視線。

「皇家阿爾伯特音樂廳？海德公園？板球總部球場？」

「長卯象喜歡板球嗎？」達蒂問道。

「我覺得不是。」

「不可能。用象鼻握球拍也太難了吧？」達蒂思考著。

「板球場再過去呢？」愛爾西問。她還沒有到倫敦中央市區以外的地方探險過。

「漢普特斯西斯公園？」達蒂回答。

「再過去呢？」

「高門丘。」

「再過去呢？」

「我不曉得耶。我在學校從來沒學過歷史。」

「是地理啦！」

「那個也沒學過啦！」

愛爾西站在毛毛旁邊，她輕輕拍了拍毛毛的身體。「你在看什麼，我的朋友？」她輕聲對這隻動物說，可是長毛象只是繼續直直盯著前方看。

她對天空舉起象鼻，發出哀戚的叫聲。

「呼嗚！」

女孩的手臂圈住這隻動物擁抱她。長毛象的身體向前傾，然後用象鼻圈住了愛爾西。

「別太靠近邊緣，拜託，毛毛。」她說，把長毛象往後帶。

達蒂向前走了一步。

「這裡眞是高得好可怕！」女士說。

「小偷在那裡！」地面傳來大叫聲。

愛爾西從屋頂邊緣往下看。

下面有一整隊警察正抬頭看著他們。

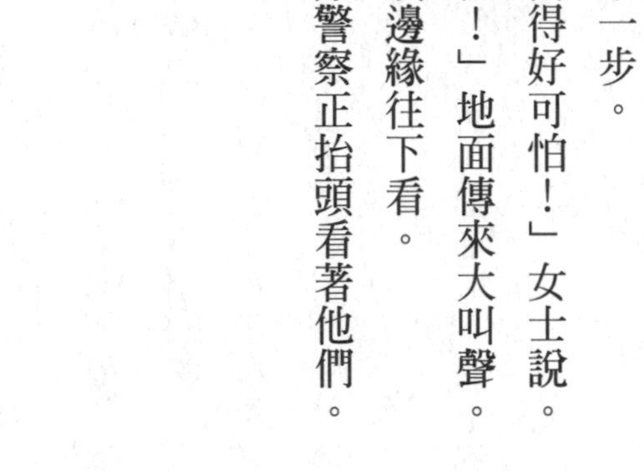

37 碰!碰!碰!

「馬上從那裡下來!」傳來一陣吼叫聲。

愛爾西認得那個聲音,是警察頭頭——巴克局長的聲音。

「我們接獲報告,有個搭熱氣球的大塊頭女士撞穿了博物館的窗戶。」

「不是我!」達蒂喊著。「一定是另一個大塊頭的女士搭了熱氣球!」

「別說笑了,沒人會相信你。」底下的聲音大喊著。

愛爾西開始發抖。「達蒂!如果他們抓到我們,會把我們鎖起來,然後天知道他們會對毛毛做什麼。」

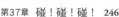

「噢，我的天啊。噢，我的老天，噢，我的老天。噢，天呀，噢，天呀，噢，天呀。」

「請不要再一直沒完沒了的說『噢，天呀』。我們得想辦法離開這裡，不然我們全部都要完蛋了！」

「噢，天呀！」可憐的女士根本沒辦法克制。「噢，天呀，我不是有意要說『噢，天呀』的。噢，天呀。」

「你們有十秒鐘可以投降，否則別逼我們開火！」巴克吼著，來福槍上膛的聲音接著傳來。

喀噠！喀噠！喀噠！

「你有騎過馬嗎？」愛爾西問。

「沒有。」

「驢子咧？」

「沒有。」

「十！」

「有在遊樂場坐過旋轉木馬上嗎？」

「噢，沒有耶。」

「我也沒有。可是能有多難嘛？」

「九！」

「你在想我在想的事嗎？」達蒂問。

「八！」

「那我在想什麼咧？」女孩回答。

「七！」

「就是你要騎在我背上？」

「六！」

「我不是在想那個啦。」愛爾西說。

「五！」

「噢，天呀。」

「四！」

「我在想我們得騎這隻長毛象離開這裡。」

「三！」

「噢，天呀。」

「二！」

「對，我知道。『噢，天呀。』可是現在我們沒有多少選擇了。」

「一！」

「沒錯！」達蒂同意。

這兩個人各抓住一邊象牙，用全力推長毛象後退，遠離屋頂的邊緣。

「現在，開火！」底下傳來大吼聲。

槍聲在黎明時分霹啪的響徹雲銷。

碰！

碰！

碰！

碰！

38 拍一下屁股

碰！碰！碰！碰！碰！碰！碰！碰！碰！碰！碰！碰！

「呼嗚！」長毛象開始哀嚎。身爲史前時代的生物，她從來沒有聽過槍聲，害怕得胡亂晃動。

「啊！」達蒂叫著。

「抓好呀！」愛爾西大吼。

她們兩人用最大的力氣緊抓住象牙。

「別放手啊！」女孩大喊。

如果她們放手，就會從屋頂被拋出去，掉在地板上變成人肉果醬。

碰！碰！碰！碰！碰！

碰！碰！碰！碰！碰！

長毛象從她撞穿的洞退了回去。現在她回到博物館裡了，一路拖著她的兩個新朋友。

在屋內安全了，愛爾西放開象牙跌坐到地上。

咚！

這時候，達蒂就像一個破娃娃般，被甩過來，甩過去。

「救命啊！」她尖叫著。

「放手！」

「什麼？」

「我說『放手』！」

達蒂最後總算照做放手了，她撲向前方跌了下來。

噗！

「這裡的地板需要好好擦一擦才行。」她說。

「現在不是清掃的時候！」女孩說。「我們要趕快逃跑！」

碰！碰！碰！碰！碰！

碰！碰！碰！碰！碰！碰！

碰！

「重新裝填子彈！」巴克下令。

槍響暫停了一會兒，長毛象也不再到處亂轉。女孩拍拍動物，撫摸她象鼻上的毛髮，使她冷靜下來。

「毛毛，我絕對不會讓你發生任何壞事的，我保證，」她輕聲說著。「可是你要信任我唷，好嗎？我知道你一開始不會喜歡，可是這是唯一能離開這裡的辦法。現在，達蒂，幫我撐上去！」

「你確定這是個好主意嗎？」

「不是，可是這是我們唯一的辦法了。」

達蒂的雙手搭在一起，愛爾西把手放到了達蒂的肩上，將達蒂的手當作階梯踩了上去，爬到動物的背上。

「好孩子！」愛爾西對長毛象說。

女孩雙腿夾緊動物的側腹部，把兩撮毛當作韁繩。驚訝的是：長毛象沒有跳起來反抗，也沒有發出任何聲音。事實上，她似乎立刻接受，並爲此感到安心。愛爾西伸出手，幫助達蒂爬上來。

「來吧！」女孩下令。

女士年紀有點兒大了，她艱難地把自己撐上去。可是她雖然爬上去了，卻沒辦法像愛爾西那樣把腿垂掛在動物兩旁。實際上，她臉朝下地趴在毛毛背上，頭就埋在這隻動物的毛髮裡，看起來眞的很沒有尊嚴。

「你舒服嗎？」愛爾西問。

「當然不舒服，」達蒂回答。「可是我覺得我們最好趕快出發。」

「如果你確定的話。」

女孩見過那些重要人物騎馬穿越倫敦的公園，因此對於該怎麼騎馬有一些概念。所以，她把腳跟埋進這隻動物的兩旁，抓住毛毛的毛髮下令：

「駕！」

不幸的是，長毛象一動也沒動。

「噢，天呀。」達蒂無助地自言自語著。

「達蒂？」女孩問。

「是的，孩子？」

「你介意拍一下我們史前時代朋友的屁股嗎？」

「如果你確定要這樣的話。」

「盡量溫柔一點喔，只是試看看有沒有辦法讓她動起來。」

「了解。」

女士按照要求做了。她把手舉起一點點，然後朝動物的屁股打了下去。

啪！

「呼嗚！」

沒想到，長毛象不是緩慢地小跑步，而是直接奔馳。

她們一路衝下階梯時，愛爾西高喊著：「呼嗚！」

39 不樂見的一幕

長毛象每踩一步，可憐的達蒂就被上下甩動。

咚！咚！咚！

「哎唷喂！哎唷喂！哎唷喂！」她們在毛毛的背上，往樓下移動時，愛爾西和達蒂看到了不樂見的一幕。教授醒了。現在，他就直挺挺地坐在輪椅上，在階梯處，手裡還拿著那把鏢槍。

「你應該要更用力敲我才對。」他

嗓音低沉地說道。

「現在我還眞希望有那樣做。」愛爾西回答。達蒂因爲沒有尊嚴的姿勢，掙扎著想要起身看發生什麼事了。她臉埋在毛毛的屁股毛髮裡。

「噢，不，不會又是他吧！」她說。

「準備受死吧，你們兩個。」教授說。他把槍直接瞄準達蒂的屁股。

突然間，一個教人震耳欲聾的聲響從他身後巨大的木門傳來。

轟隆！

「那是什麼？」愛爾西問。

「那是警察準備衝進來的聲音。」教授回答。

轟隆！

然後又一聲。

「時間足夠我殺了你們，然後宣稱這隻怪物是我的囊中之物！」

轟隆！

又一聲！

「我一定會很滿意的！」

轟轟隆隆隆！

在教授背後，博物館的大門被撞開了。

匡隆！

木頭碎屑噴飛四濺。

是攻城槌！是一根有輪子的巨大木頭，衝進來的速度快到連警察們都來不及阻擋。

咻！

它**速度飛快地**衝向教授，擊中了他的輪椅。

咚！

「哎唷！」

這一擊的力道男人飛越到了另一邊。

咻呼！

他直直撞上放置人猿標本的玻璃櫃。

碰！

教授從輪椅上被拋了出去……

鏘！

……撞穿了玻璃。

玻璃碎裂了！

他昏了過去，正好落在兩隻人猿間。他的嘴巴張得大大的，就算僞裝成其中任何一隻人猿都不會被認出來。

這場騷動讓長毛象受到驚嚇，她發出了一聲巨大的……

「齁～喔～！」

愛爾西拍拍這隻動物說：「齁～喔～沒事的，毛毛！」

沒有用。長毛象開始衝向門口的那排警察，而警員們這時全都大喊著……

「救命呀！」

「不不不！」

「我不相信會有這種事！」

「牠是活的欸！」

「那個**冰凍**的東西！」

「是活生生的怪物！」

「我又沒有受過對付怪物的訓練呀！」

「應該要付我加班費！」

「我媽叫我要回去吃早餐耶！」

……他們一面吶喊，一面躲開橫衝直撞的野獸。

長毛象衝出博物館了，此時達蒂和愛爾西死命地緊緊抓著長毛象。

「快追他們呀，你們這些蠢蛋！」巴克咆哮著。「那頭怪獸是女王的財產！**不管是死是活，我們都得帶牠回去！**」

40 巧克力球

毛毛的速度對這些警察來說實在是太快了。等到他們站起身來時，長毛象早就已經不見了。這隻生物飛快地離開了自然歷史博物館，往道路上衝去。

「呼！」

愛爾西盡一切嘗試了，可是還是沒辦法讓這隻動物慢下來。可憐的達蒂在長毛象背後被甩來甩去的。

「噢！唔！唔！」

倫敦城正在甦醒，三三兩兩的市場攤販沿著積雪的道路，推著他們準備販售的貨品。

「小心我的李子啊！」一個攤販的水果滾到腳邊時，大喊著。

「小心我的栗子！」另一個攤販的烤栗子被撞飛時，大吼著。

「你把我的巧克力球壓碎啦！」一個熟悉的聲音埋怨著。

「那一定是拉吉，」達蒂說。

「誰？」愛爾西問。

「拉吉呀！他在這裡的市場賣糖果。」達蒂回答，然後就朝他喊：「拉吉，你好呀！」

男人微笑著揮揮手。「噢！你好，達蒂小姐，我最愛的客人！今天有吃到一半的甘草糖在特價唷！」

「我沒辦法停下來呀，拉吉！」

「你隨時可以和你那隻超大的毛絨絨長鼻驢子一起回來吃糖塊唷。」

「她是長卯象啦！」

「象嗎？那還眞大呀！」

長毛象繼續疾馳穿越雪地。

「呼嗚！」她喊著。

「她要帶我們去哪裡呀？」達蒂問。

「我不知道啊！」愛爾西回答。「可是不管我們要去哪裡，我們一定很快就到了！」

達蒂有點吃力地抬起頭看。

「北方！」她驚呼。「我們正在全速朝北方前進！」

「一直都是北方！」女孩回答。

更前方，愛爾西看見她在自然歷史博物館外見過的三明治看板人。一瞧見長毛象向他狂奔，

他就大喊：「野獸復活了！末日近了！」

「如果你不趕快閃開，你的末日就近了！」愛爾西大喊。

女孩抓緊長毛象的毛髮，及時讓毛毛轉彎閃過他。

「末日還沒有近咧！」他們經過的時候，他大喊。

「如果不留意的話，毛毛會把誰踩死的，」愛爾西說。「我們得讓她離開街道，把她藏在哪裡才行。」

「我知道一個完美的藏身處。」達蒂回答。

「哪裡？」

「皇家醫院，離這裡不遠。小不點就住在那兒，他會幫助我們的。」

「我們要怎麼到那裡去哩？」

「你會操控方向嗎？」

「一點點。」

「那你就往右。」

女孩拉住長毛象右側的毛，動物就往右轉向。

「可是，達蒂，我們不能就這樣和一隻長毛象一起露面！」

女士沒有料想到這一點。「喔，對唷，你說得對，我很確定他們只照顧老兵，不照顧動物。」

「是史前動物！」

「對，我可以想像牠們不會受到歡迎。」

「也許有人會舉報我們。」

「我們得想辦法讓她僞裝才行！」女孩說。

「我們可以剃掉她的毛，說她是大象。」

「抓好囉！」

「我現在就抓好啦，親愛的！爲了活命！」

「我有個點子。」

愛爾西操縱長毛象走進一條髒兮兮的巷子，正前方有一家洗衣店，一些床單正吊掛著晾乾。

「我們只需要借一下這些床單。」

「要用來幹嘛？」

「你等著看吧。」

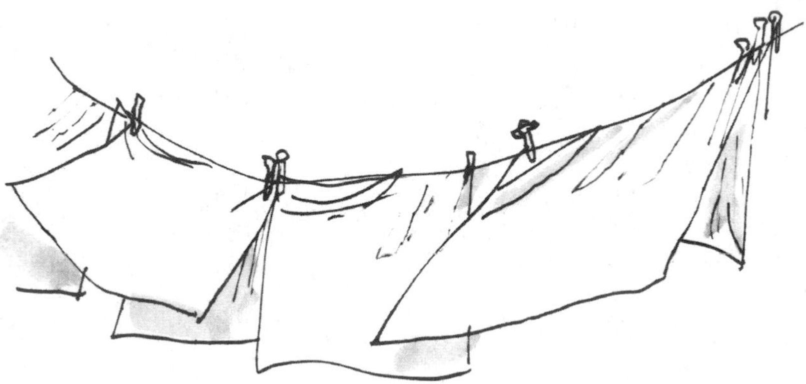

41 好眼睛

「這是一台什麼？」皇家醫院的守衛大吼著。他是一個嚇人的老兵，軍階正是一名士官長，天鵝絨外套的胸膛上滿是勳章。他的左眼前方擱著一只單片眼鏡，右眼上是一塊眼罩。

「是一台全新的最高機密坦克車！」愛爾西回答，用手指著藏在床單下面的長毛象。

「胡說八道！」

「不是胡說八道！是全新的武器。要給二等兵湯瑪斯的。」達蒂也說。

「小不點湯瑪斯？」

「對，就是他！那個有點矮的人。」

「用有點矮形容他太客氣了吧！」士官長幸災樂禍地說。「小不點小到會被人誤認成玩具兵！哈哈！」

達蒂感到很生氣。她不喜歡她一生的摯愛被人這樣說。「他的個子也許小，可是他長得可好了！」

「小不點都七十三歲了，」士官長回答。「而且他的腳連根本就碰不到機器的踏板！他哪會需要這個笨拙的玩意兒呢？」

「都說是最高機密，不是嗎？」

愛爾西回答。「如果我們告訴你，就不是最高機密了。」

老兵看起來並沒有被說服。「你們到底是誰？」

「那也是最高機密！」女孩回答。

「現在快把大門打開！」達蒂下令。

「**呼嗚！**」長毛象也發出聲音。她在床單下舉起了象鼻，士官長愈來愈起疑。

愛爾西和達蒂緊張地看著彼此。

「那是什麼？」士官長質問。

「那個？」達蒂問。

「對，那個！」

「嗯……欸……這個嘛……」愛爾西說。「是它的大砲之類的，只是舉了起來。」

她把象鼻壓下去，毛毛又發出一聲「**呼嗚！**」

「它剛才說了什麼耶！」士官長咆哮。

「沒有，它沒有！」

「有，它有！」

「才沒有！」

「它有！」

「是我啦！」達蒂插嘴解釋。

「我可是一直盯著你耶。」老兵說。

「用你的好眼睛嗎？」

「對呀！用好眼睛！你根本沒有動。」

「這個嘛，」達蒂開口說。「那是因為……」

「快說呀，女人！」

「那是因為聲音是從……我的屁屁來的。」

「你的屁屁，女士？」

42 瓦斯攻擊

「那是屁股在打嗝！」達蒂解釋。

「我什麼也沒聞到啊！」士官長反駁說道，他的鼻子靠近女士，嗅聞著空氣。

「算你好運！」愛爾西接著說道。為了圓謊，她的臉皺成一團，揮動著週遭飄散的空氣。**「嗯～有夠臭。」**

「說話太沒教養了吧，」老兵氣沖沖地說。「我不曉得原來連女士也會……容我想一下比較禮貌的形容……連女士也會釋放瓦斯攻擊[6]。」

「很不幸的，會喔。」達蒂若有所思的說。

「呼嗚！」

---

6 士官長還可能用這些軍事術語來形容放屁，包括：單槍行禮、底部爆破、隱形手榴彈、髒兮兮炸彈、後門煙幕彈，背面攻擊。

「我的屁股又來囉！」

「呼呼嗚嗚嗚！」

「喔喔，又來了！」

士官長的臉紅得跟甜菜根的一樣。

「女士，你能不能控制一下你的……抱歉我找不到更客氣的表達方式了……你的瓦斯槍？」

「呼嗚嗚！」

「好像沒辦法欸，」達蒂回答。

「達蒂有個調皮的屁屁。」

愛爾西可以感覺到長毛象愈來愈焦躁。「請在她又釋放一次瓦斯前讓我們通過！」

「不正常！」老兵喃喃自語著。他立刻打開大門讓他們進入，然後對這三位皇家醫院最稀奇的訪客行禮。

「非常感謝你。」愛爾西說。

「**呼嗚！**」

「調皮的屁股！」達蒂出聲喊道，還拍了一下自己的臀部。

正當她們領著長毛象穿過草坪時，長毛象停了下來。她用象鼻嗅聞雪底下的味

道，然後開始大口咀嚼結凍的草。

「呼嚕！呼嚕！呼嚕！」

這隻動物已經一萬年沒有吃東西了，她非常飢餓。儘管她們兩個人想盡辦法要她往前移動，但是長毛象就是文風不動。她在床單底下嚼呀嚼呀嚼，看來她得吃下一噸的草才會吃飽。

士官長從他的哨崗繼續望著。他把望遠鏡舉到他的好眼睛前，監視皇家醫院草地上正發生的怪事。

「只是在加油而已啦！」愛爾西喊著。

老兵搖搖頭。

「什麼怪坦克。」

「對，它也可以當除草機用。」達蒂說。

正當她們以爲可以逃過一劫的時候，無可避免的事情發生了。這隻動物降下一坨長毛象便便。

噗呼！

咚！

史前時代的便便就啪噠一聲掉在雪地上。它的成分和大小無疑都是長毛象級的，巨大、棕色，還冒著熱氣。

「只是在試驗全新的武器而已。」愛爾西解釋。

「是臭臭炸彈。」達蒂也說。

「別擔心！」愛爾西說。「它不會爆炸！」然後，她閉氣加了一句：「我認爲啦。」

「喂，你不能這樣把它留在草地上！」士官長咆哮著。

「那你要我們拿它怎麼辦？」愛爾西問。

「把它放回砲管裡呀。」

兩個人看著長毛象背後。

「我不覺得那樣行得通，」達蒂說。「我會說那是出口，而不是入口。」

「嗯，那就把它撿起來呀！」男人下令。

「我來撿嗎？」達蒂問。她當清潔女工已經當了四十年，處理過各式各樣難以說明的髒亂，可是這個情況已經超過最離譜的狀況了。

「沒錯，就是你。」愛爾西說。

女士嚴厲地看了小女孩一眼。

「女人，別再磨蹭了。快點動作！」士官長低吼。

達蒂不情願地彎下身子。女士捏住鼻子，盡可能離那堆熱騰騰冒煙的東西遠遠的，把它鏟進手裡。她站起身，把這坨東西盡可能地舉得離她遠遠的。

「總算！」士官長喊著。

這三個組合特別的夥伴繼續往前。小女孩忍不住微笑，這讓女士非常惱怒得冒煙。

「你要跟我交換嗎？」達蒂明知故問。

「喔！不用了，謝謝你。」愛爾西說，帶長毛象穿過庭院。她注意到一個矮得不尋常的老兵，從一扇很高的窗戶往外看著她們。他露出微笑，用最誇張的方式一面揮手，一面送出飛吻。

「小不點！」達蒂大喊。

43 嚴重至極的錯誤

「我覺得牠看起來只是一隻毛茸茸的大象。」小不點用他充滿音樂感的威爾斯口音說。

愛爾西很高興她終於見到了耳聞已久的男人。他真的很矮，甚至比她矮。而事實上，小不點的高度就如達蒂體型寬胖的程度。不可否認，他們真的是很獨特的一對。儘管如此，唯一重要的事，他們見到彼此都開心得綻放出光芒。

而這隻動物正從皇家醫院的馬桶座裡喝水，她把象鼻伸到馬桶裡彎彎曲曲的U型管裡。

「嗯，她不是毛茸茸的大象！」愛爾西驕傲地回答。「她是長毛象。」

「我從來沒聽說過這種東西！」小不點嘲笑地說。

「這個嘛，那不表示牠不存在！牠是史前時代的生物。」

「我自己也是來自史前時代啊，不過我不記得小時候有在威爾斯的村莊看

過那些東西呀。」

「這個嘛，那是因爲長毛象好幾千年以前就死光啦。」

「然後你剛剛讓她起死回生，是嗎？」男人咯咯笑著說。

「對呀，」愛爾西回答。「事實上，我們的確辦到了！」

這位老兵當場停下腳步來，他看著達蒂以求確認。女士點點頭。

「嗯，那她天殺的怎麼會在這裡呀？」他

質問。

「我很希望你能幫我們把她藏起來！」達蒂回答。

「我？」

「對呀。」

「在這裡？」

「對呀。」

「一隻又大又毛茸茸的大象？」

「欸，不是。」愛爾西插嘴糾正他。「她是毛茸茸的長毛象。」

「要藏多久？」他問。

「牠們會活五十年，或者再久一點點吧。」

「五十？」

「對呀，這一隻只是寶寶。」

「牠們會長多大？」

「長到大約一間房子那麼大吧。」

「一間房子？」

這時候，隔壁傳來沖水聲。

唰！

一個老得不可思議的男人拖著腳步走出來，他穿著睡衣，戴著軍用帽，還拄著拐杖。三個人驚恐得面面相覷，他們一點也不曉得還有另一個男人在從頭到尾都在那。

「早安，上校。」小不點說。

「如果我是你，就會馬上離開那個東西。」上校自言自語著，揮動著空氣，卻讓這裡的氣味變得更難聞。不論氣味如何，這三個人都對他微笑，什麼話也沒說，希望他只要走過去就好了。

他沒有。

上校看見長毛象的屁股從他旁邊的小隔間露了出來。他花了一點時間觀賞後說：「我說，那還眞是一個引人注目的又大又毛茸茸的屁股呀。新來的小子，

對吧？」

「是寵物啦，」小不點回答。

「寵物？」

「對呀！我覺得你要是錯過早餐就不好了，上校。讓我送你到飯廳去吧。」

二等兵攙扶著上校的手臂，可是老人拒絕了他。

「皇家醫院不能養寵物啦，二等兵！這樣違反規定！」

「牠不會在這裡待很久啦，」小不點回答，迅速看了達蒂一眼。

「不會超過五十年，上校，閣下。」女士插嘴說。

愛爾西對達蒂如此不靈光，難

以置信地搔著頭。

「五十年！」上校結結巴巴地說：「這個東西到底是哪種動物呀？」

「她是一隻長毛象。」愛爾西回答。

「一隻什麼？」男人問。

「跟毛茸茸的大象很像啦。」達蒂補充。

「我們這裡不能養毛茸茸的大象！」男人大吼。「這個國家到底變成什麼啦？竟然把該死的野獸都放出來！」說完這句話，他就用拐杖敲了長毛象的屁股一下。

啪！

這可是個嚴重至極的錯誤。

44 跑到某個地方啦

「不！」愛爾西大喊。

「呼嗚！」動物喊著。毛毛開始左右衝撞。

碰隆！

因爲長毛象掙扎著想出來，洗手間的木頭隔間被撞成了碎片。長毛象退後的時候，上校又用拐杖再敲了她一下。

「接我這招吧，你這隻屁股毛茸茸的野獸！」

匡！

「停！」愛爾西喊著。她步伐蹣跚地走向上校，抓住他的手臂，阻止他繼續打她的朋友。

「把你的髒手給我拿開，女孩！」

長毛象正試著在狹窄的洗手間裡轉身。她的象牙敲進了馬桶座裡……

匡鏘！

……把它敲成碎片。

噴濺！

水開始噴濺得到處都是，把所有人和所有的東西全都弄溼了。

「啊！」上校喊著。

「噢，可憐的我，要清掃多髒亂了！」達蒂說，她果然永遠都把工作掛在心上。

「這下我對護理長可難交代啦。」

小不點說，他焦急萬分地試圖一下子就擋住馬桶的水，以防水噴到天花板上。結果他只弄得屁股溼得不得了。

「噢！」他被水沖到空中時發出了尖叫。「水跑到某個地方啦！」

最後，長毛象總算設法轉過身來，用象鼻奪走男人手上的拐杖，並使力把柺杖拋到房間另一頭。

咻！

拐杖擊中了窗戶……

磅！

……敲碎了玻璃。

匡啷！

「噢，天哪！不會又打破東西了吧。」女士喃喃自語。

房裡的水位快速上漲，水已經淹到這四個人和長毛象的膝蓋了。發出這麼多吵鬧聲，遲早會有人來搥門察看的。

碰！

碰！

碰！

「拜託一下老天爺，裡面發生了什麼事？」一個女性的聲音說。

「是護理長！」小不點發出噓聲說，他的眼神閃過一絲驚慌。接著，他提高音量說：「沒事沒事，護理長，所有的一切都在我們的控制下，只是沖水有點小問題而已。」

原本只是想在早上安靜地大個便的上校，再也受不了這些有的沒的了。

「護理長！他們這裡有很大的毛茸茸大象！」

「你又看到東西了嗎？上校？」她喊道。

「你自己看吧，女人！」他出聲喊回去。

護理長推開門。一萬歲的毛茸茸長毛象正回瞪著她。可是在她還來不及放

聲尖叫前，一陣水就沖過來讓她四腳朝天……

嘩啦！

……水流很快速地把她沖向走廊。

另外五個人全把頭探出門邊，看著她被沖走。

「至少那片地板現在徹底打掃乾淨了。」達蒂對自己說。

45 一小小塊食物

幸運的是，皇家醫院裡有很多很棒的藏身處。既然護理長已經被沖走了，小不點就帶著愛爾西、達蒂和毛毛走到食物儲藏室去，然後甩上身後的門。

「這裡很好也很涼爽，」小不點說。「我想你們毛茸茸的朋友在這裡會感覺好像回到家了。」

的確是，愛爾西也有同樣的感覺，因爲給老兵們吃的所有食物都儲存在這裡。這些老男孩們顯然吃得很好，因爲他們有超大罐的甜食，還有各種罐頭的好料，比如果醬、蜂蜜和糖蜜。對一個一輩子都生活在飢餓之中的女孩來說，食物的味道就像最甜美的香水。

「我餓壞了，」愛爾西說。「拜託，可以讓我吃一點點果醬嗎？」

小女孩張大雙眼，嘴唇顫抖著。大人怎麼可能對她說不？

「一點點不要緊，對吧？」達蒂說。

「沒關係，」小不點表示同意。「沒有人會想念一小塊食物。」

「你要草莓口味還是覆盆子口味？」達蒂問。

「兩種我都從來沒吃過耶，」女孩回答。「哪種比較好吃？」

「覆盆子吧，我覺得。」

「那就覆盆子囉！」

小不點舉起手，拿了一罐覆盆子果醬下來。他慢慢地打開瓶蓋，小女孩舔著嘴唇。可是，愛爾西手指頭都還沒伸進去沾，一根巨大的毛茸茸象鼻就彎彎曲曲地伸過來，把整罐果醬都吸走了。

咕嘟咕嘟！

「我的……？」愛爾西驚呼。

「壞壞長卯象！」達蒂喝斥，拍掉毛毛的象鼻。

啪！

長毛象根本沒反應。她完全沉浸在第一次嘗到果醬的瘋狂喜悅裡。

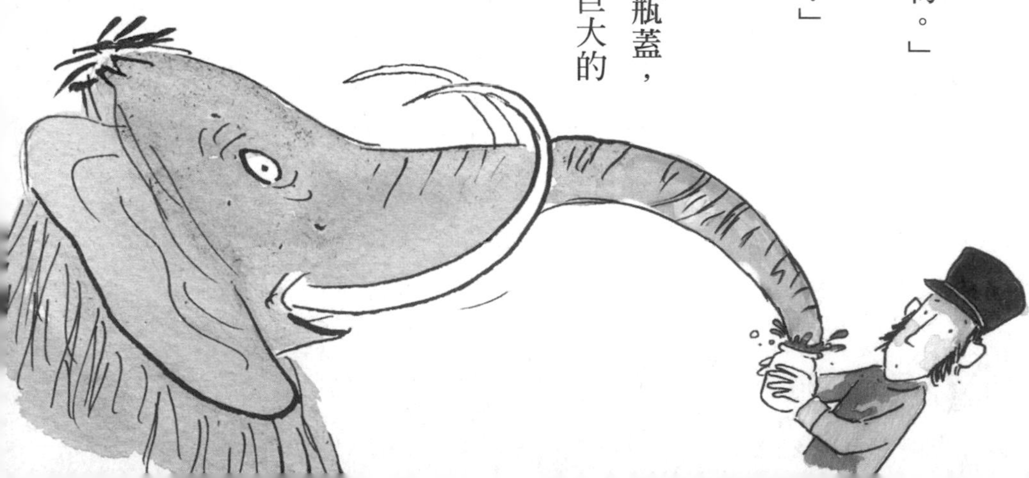

「那也許我應該試一點草莓口味的果醬？」愛爾西說。

可是，小不點一打開瓶蓋，長毛象的象鼻又彎彎曲曲地伸過來，把罐子裡的每滴果醬都吸得乾乾淨淨。

咕嘟咕嘟！

「什麼？」愛爾西再度驚呼。

「壞壞長卯象！」達蒂大吼。

「不要太大聲！」小不點噓了她們。

「欸，可是她實在是太皮了！」

「我知道。可是，如果我夠了解護理長的話，她會叫所有的士兵都起床，尋找那個東西。」

「她不是一個東西耶，」愛爾西說。「她是長毛象啦。」

「那就是長毛象東西，我不曉得啦！」

轟隆！

「那是什麼？」愛爾西問。

「雷聲嗎？」達蒂猜測。

轟隆！

「又出現了！」女孩驚呼。

「是肚子的聲音嗎？」小不點想知道。

轟隆！

「是肚子沒錯！」愛爾西說。「毛毛的肚子！你們聽！」

他們三個安靜下來。

轟隆！

「一定是果醬的關係，」達蒂說：「她的肚肚不適應，別再讓她吃了。」

「我不會，」女孩回答。「可是我真的餓死了。在我吃一點點糖蜜的時候，你要抓住她的象鼻喔。」

糖蜜存放在一個有水桶那麼大的錫桶裡。小不點搖搖頭，把錫桶抬起來倒往女孩的方向，達蒂擋住動物的視線並且緊抓住牠的象鼻。愛爾西興奮地撬開蓋子。糖的香味立刻往鑽進她的鼻孔裡，味道甜到女孩一度感覺自己就像在飄浮。她把手指蘸進去，糖蜜滑順的如同絲綢一般。

正當她準備舀出一大坨糖蜜時，她被推開撞倒了架子，使所有的錫罐和罐子全都掉落到地板上。

蹦！

匡啷！

隆咚！

長毛象已經衝到前面，咕嘟咕嘟的把每一滴氣味香甜的黏稠糖蜜喝得乾乾淨淨。達蒂原本抓著象鼻，但也被甩開撞到了小不點，小不點再撞到了愛爾西。現在房間裡充斥著煙霧，那是揚起的糖、麵粉還有茶葉，讓這三個不是長毛象的人類又是咳嗽，又是嗆著口水。在混亂中，長毛象的象鼻搜遍了灑在牆上、地板上，或是天花板上的最後一丁點食物碎屑——或者，事實上嘛，還有飄浮在空氣裡的也包括在內。

他們愈是試圖阻止毛毛吞掉舉目所見的食物，她就吃得愈急促。

轟隆！
咯咯咯！
啵啵啵！

「噢，不，快聽，她鬧肚子的聲音又出現了！」達蒂說。

「我覺得我們就快遇到爆炸了。」小不點預測。

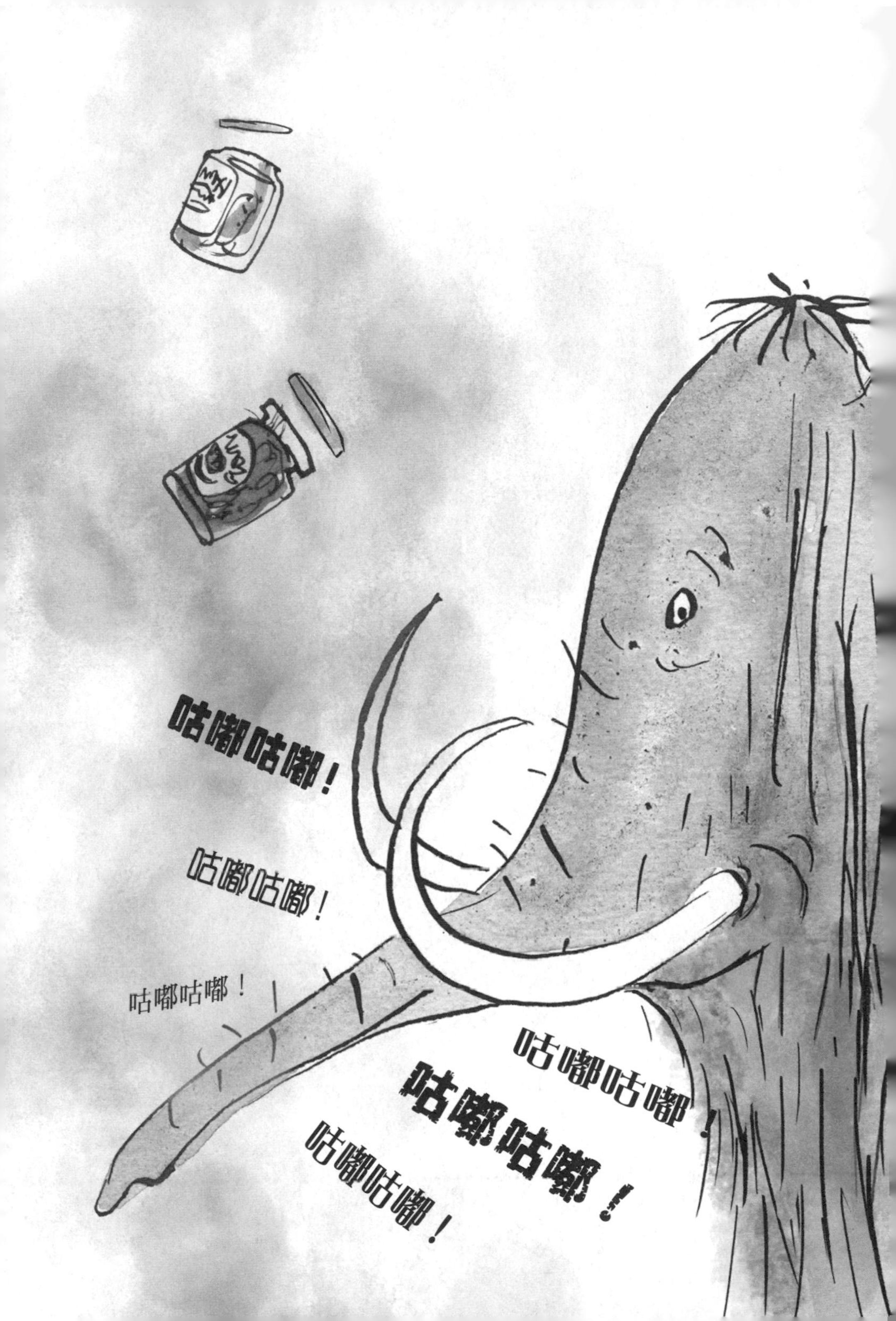

咕嘟咕嘟！
咕嘟咕嘟！
咕嘟咕嘟！
咕嘟咕嘟！
咕嘟咕嘟！
咕嘟咕嘟！

46 屁股爆炸

女孩倒抽了一口氣。「你的意思該不會是在說屁股爆炸吧？」她問。

「我就是這個意思，小小姐，」小不點回答。

突然，一陣巨大的敲門聲。

碰！碰！碰！

「我們是憲兵！快開門！我們知道你們在裡頭！」一個聲音從門的另一邊傳來。

「噓！」達蒂做出噓聲的動作。「都不准說話！」

「我們聽見了。」一個聲音說。

「呀！」達蒂驚呼。

「我們又聽見囉！」

「可惡！」

「還是聽得到喔。」

「達蒂！噓！」愛爾西焦急噓聲。

「我們也聽得到那個聲音囉。」

「剛才那次不是我唷！」達蒂喊了回去。

嘰嘰！淅瀝淅瀝！嚕嚕嚕嚕！

「我怕屁股爆炸就要來囉，」小小的老兵說：「而且速度很嚇人唷！」

碰！碰！碰！

「馬上打開這扇門！」

「嗯，我們爲什麼不打開呢？」愛爾西竊笑著說。

「你不是想用牠的屁股當作大砲吧？」小士兵問。

「正是！」女孩回答。「把門打開，自由發射！」

「來囉，長官們！」達蒂對門外喊著，她擠過長毛象身邊，抵達門邊。

「快點，女士，否則別逼我們毀掉這扇門囉！」

「耐心是一種美德！」她喊回去。

答答！嘎噗嘎噗！呼呼嚕嚕！

「根據毛毛的聲音判斷，她準備要爆炸囉！」愛爾西說。

達蒂把手放在鑰匙上，開始轉動鎖裡的鑰匙。

「長官們，馬上來囉！」

鑰匙發出喀答一聲。

「門鎖打開囉！」達蒂喊出聲來。

咕嘟嘟鋪嚕！姆姆嘟嘟！

餔餔答答嘩嘩！

有人轉動把手，門慢慢地打開了。

長毛象挺直她的背，舉起尾巴時，三個人同時不懷好意地笑著。

「發射！」小不點大吼。

這隻生物眞的發射了。

咕嚕嚕嚕隆隆轟轟吼吼！

毛毛屁股打嗝的聲音聽起來就像熊在咆哮。牠對著憲兵連環發射，讓他們從頭到腳趾頭都是又熱又黏呼呼的長毛象大便。這個屁股爆炸的威力強到把所有人都撂倒了。可憐的男人們完全不曉得自己身在何方，因爲他們的眼睛鼻子全都被剛才講的東西覆蓋了。

「我們快閃！」愛爾西說。

「衝呀！」小不點大喊。

他們三個人帶這隻動物從食物儲藏室撤退，然後往走廊走去。

「你走在最後面，達蒂！」老兵下令。

「想都別想！」女士厲聲說。「我一點都不想到那裡去！」

「我們要去哪裡？」愛爾西問。

「遠離那可怕的味道！」小不點回答，他們快速跑過走廊，一路走上樓到他的病房去。

47 新同志

「這是我睡覺的地方！」小不點打開通往他病房的門時介紹道。

「我們一開始就應該把毛毛藏在這裡的。」愛爾西喃喃自語著。

「他的病房還有其他人耶。」達蒂回答。

「嗯，我想們一定可以告訴幾個老兵，讓他們閉上嘴。」

門開了，裡頭不是幾個，而是二十個老兵，每個人都從他們的床鋪探出頭來。

「哎呀！」愛爾西說。

小不點用很慢的速度牽著毛毛的象牙，把牠帶進病房。他咳嗽了一聲，清了清他的喉嚨。

「早安，紳士們。紳士們！拜託，如果您們可以看我一下的話，我想介紹您們認識一位新同志。」

老兵們紛紛戴上眼鏡，裝上任何木頭手臂和木腿，或是悄悄坐上輪椅。他們慢慢地靠近這隻壯觀的野獸。

「小不點，天殺的這是什麼呀？」其中一個老兵突然開口。

「牠會咬人嗎，二等兵？」另一個人問。

「我們早餐要吃的東西是這個嗎？」第三個人問，他留著很長的白鬍子，讓他看起來很像軍人版的聖誕老公公。

愛爾西往前跨了一步。「不，這是我的朋友，毛毛。」

「我的老天爺！皇家醫院裡有女人！」一位老兵說。

「還有另一個！」另一個人說。

「這隻毛茸茸的大象東西什麼的可以留下！可是她們得走！」第三個人大聲喊道！

「呼嗚！」毛毛似乎發出叫聲表示贊同。

「皇家醫院有三個女人！」另一個老兵震怒。「實在是太有失體統了！」

「這比波耳戰爭還慘！」

「這個地方要關門大吉了！」

「這簡直是史詩級的醜聞！」

小不點提高音量蓋過他們。「先生們，先安靜一下！先聽聽這個女孩的故事再說。愛爾西……」

女孩露出微笑，清了清她的喉嚨。

她開始述說這一切經歷的，老兵們全神貫注。他們聽過很多英勇事蹟，可是這個難以置信的故事比那些都更厲害。

故事的結尾，愛爾西懇求著，「紳士們！你們願意幫助毛毛嗎？」

「算我一份！」有個聲音說。

「我也是！」另一個聲音說。

「我也一樣。」

「還有我。」

「還有我！」一個接一個又一個的聲音說，直到只剩下一位還沒舉手，所有人的視線都轉向這個沒有舉手的人。

「抱歉，可以再重複一次問題嗎？」那個很像聖誕老公公的人問。

「那是旅長，」小不點說。「他會失憶。我們就當作他也同意加入。」

「誰失什麼啦？」旅長問。

長毛象連滾帶爬地來到長長的病房另一端的窗邊往外看。愛爾西跟著她的朋友，然後同樣循著她的視線，越過倫敦的眾多屋頂。毛毛舉起她的象鼻，壓在窗框上，彷彿渴望著什麼觸碰不到的東西。愛爾西輕輕撫摸長毛象的象鼻，

接著抬起她其中一隻毛茸茸的耳朵，低聲對她耳朵裡說了什麼。

「你在看什麼呢，我的朋友？」她輕聲細語地說。「要是你能夠告訴我就好了。」

「呼嗚！」

48 北方，北方，北方

達蒂信步走過病房，到她們身旁。

「你覺得我們可以教毛毛講話嗎？」

「講話？」

「對呀。那她就可以告訴我們她在看什麼了。」

「可是我們要怎麼教她講話咧？」

「那個部分就比較傷腦筋一點了，」達蒂回答，看起來陷入了自己的思考中。「也許我們可以教她叫一聲呼嗚代表對，兩聲呼嗚就代表不對，三聲呼嗚就是也許的意思？然後再把世界上所有的地方都列出來，看她怎麼說？」

愛爾西不想傷害女士。「眞是好主意啊，達蒂。只是要問遍世界上每一個地方可能需要很長的時間。」

她轉過身去對老兵們說話。

「有人有指南針嗎？」她問。

「上將，你總是指南針不離身呀！」小不點說。

「沒錯，二等兵！」上將回答，他開始翻找他的睡衣口袋。「只是，我把那個該死的東西放到哪兒去啦？」

「就掛在你脖子上嘛！」小不點說。

上將看到掛在鍊子上的指南針了。「就在我的脖子上！你怎麼不告訴我哩？」他把它拿下來，一跛一跛地走到女孩身邊。

咚！咚！咚！

愛爾西注意到他有一條腿是木腿。

「我的腿，在你開口問我以前，是被一隻鯊魚咬掉的。那不要臉的傢伙可幫了我一個大忙，眞的——反正我的腿因爲長壞疽都變綠了，多虧牠我不必先鋸掉腿。鯊魚死於食物中毒，還眞慘。」

將軍把指南針遞給愛爾西。

「就是這麼一回事囉，小小姐。我們還沒正式互相介紹呢，我是海軍上將，這裡只有我一個海軍。」

「他因爲酒醉，被從老水手之家踢出來。」小不點說。

「那天晚上我只喝了七瓶萊姆酒欸，二等兵！」上將震怒說道。「我至少要喝九瓶才會醉！」

一陣萊姆酒味的氣息飄進愛爾西的鼻子裡。她的眼睛被燻得流出眼淚，然後就打噴嚏了。那個味道強到她有一刻覺得自己醉了。

「謝謝你，上將。」女孩回答。愛爾西把指南針平放在手上，黑色的指針指的正是長毛象指的方向。

「北方！」愛爾西驚呼。

「呼嗚！」長毛象呼應。

「看吧，她會講話呀！」達蒂也說。

「每一次，毛毛都努力想到北方去。」

「呼嗚！」

「她又講話啦，」達蒂說。

「所以，上將，告訴我喔……」愛爾西說。

「是的，小小姐？」老人微笑問道。

「你最遠最遠可以到達的北方在哪裡？」

上將引導女孩走到他床邊。

「看著我的地球儀，孩子！」

他的床邊立著一座宏偉的球體，上面印著世界地圖。「這是從我船上拿下來的。」

「在船沉以前。」小不點插嘴說。

「你說的夠多了，二等兵。我很喜歡盯著地球儀看，它讓我想起光榮的日子，那些在公海上的冒險！看哪！小小姐，我們在倫敦這裡。」

他指著地球儀上的一點。「快把你的手指放在那裡。」

女孩照做了。

「現在手指移往北方，往北，再往北。」

愛爾西一面把手指往上移，上將一面念出那些地名。「蘇格蘭、奧克尼群島、冰島、格陵蘭島，北極圈，北極。不可能再到更北了。」

『北極！』愛爾西說。「那裡很冷嗎？」

士兵們都忍不住大笑。

「當然冷斃啦，小小姐，」上將說。「那裡的海**永遠凍結**。沒有土地，只有巨大的冰。」

「冰耶！」她驚呼！「對來自冰河時期的生物來說眞是完美，我們一定要帶毛毛到那裡去！到北極去！」

「呼嗚！」毛毛附議。

愛爾西舉起手臂，展現領導者的勝利姿態。她環顧病房，每個老兵全都回瞪著她，所有人的嘴巴都因爲震驚而張開來。

49 膽大包天

「可是我們要怎麼抵達那個北極咧？」小不點問。

「我們會航行呀，士兵！」上將宣布。「這是海軍的工作。」

「可是閣下，地面上你會需要陸軍的支援。」小不點回答。

「你說得也許對，二等兵。這份工作需要女王陛下的兩個軍隊。海軍，其次是陸軍，兩個軍隊的共同任務。」

「等一下，等一下，等一下！」達蒂打斷了他們。

「怎麼了，女人？」上將用如雷貫耳的聲音說。

「你不需要船嗎？」

士兵們開始竊竊私語。

「她說的有道理耶。」

「她不像外表看起來那麼傻嘛。」

「我想我們的棋子少了一顆。」

「是的，」上將表示同意。「如果你要航行，最好總是確認你有一艘船，否則你有極有可能、絕對會溼透。現在，我們要上哪兒去找到一艘船？」

所有的老人們都陷入思考，愛爾西卻開始想像一樁膽大包天的竊盜，讓**黏嗒嗒手指幫**的功績相形之下微不足道。

「我知道你們可以上哪兒去偷一艘船！」她宣布。

所有視線都看向她，伴隨著一些埋怨的嘟囔聲。

「她只是小孩子欸。」

「這個女孩對船根本什麼也不懂。」

「這茶嘗起來像咖啡，就是咖啡嘛！」

上將一跛一跛地走到女孩身旁，他的木腿在地板上發出碰撞的聲音。

咚！咚！咚！

「請告訴我們，小小姐，」他慎重其事地說：「你說的這艘船在哪裡？」

女孩查看指南針，確認哪一邊是東方，然後找到一扇對著東方的窗戶。

「就在外面呀！」愛爾西得意地回答，用手指向泰晤士河。

老人盡可能地用最快的速度匆忙走向窗邊。

咚！咚！咚！咚！

老兵們都跟在後面。他們聚集在上將身後，急切地想看女孩指的是哪裡。

「那裡呀！」女孩說。「你們可以偷**皇家海軍勝利號戰艦**啊。」

50 遺跡

美輪美奐的舊航海船已經成了博物館文物，現在爲了慶祝新世紀的到來，它從朴茲茅斯港移過來，停泊在泰晤士河上。

「勝利號戰艦？」上將說著，然後爆出笑聲。

「齁！齁！齁！」

「哈！哈！哈！」

男人們也發出笑聲。

愛爾西生氣到環抱手臂，很嚴厲地看了他們所有人一眼。

「有什麼事這麼好笑？」她質問他們。

「我親愛的孩子，」上將說。「勝利號戰艦是尼爾森爵士遠在1805年時特拉法加之戰的戰艦，已經超過一百歲耶！她是遺跡了！」

「你也是呀！」女孩反駁。「可是你還是可以航海，不行嗎？」

上將的臉沉了下來，他的聲音裡還是有一絲的驕傲。「你真是有活力啊！」

「是的，常有人這麼說。」

「嗯，這樣的話，跟隨尼爾森

爵士的腳步將是我的榮幸，」上將暗自思考著。「你們知道嗎，大夥兒？我認為這位小小姐想到了什麼好主意！」愛爾西得意地笑著。

「恕我冒昧，閣下，」小不點插嘴。「憲兵可能現在滿身長毛象大便，可是他們很快就會來逮我們了。我們必須儘快制定計畫。」

「是的，」女孩宣布。「所有人聽我說！」

老兵們都張目結舌。在他們漫長的生命中，從來沒有聽命過小女孩，更別說是像愛爾西這樣一個髒兮兮的野孩子了。

「好吧，小小姐，」上將宣布。「我們都樂於知道你的計畫。」

男人之間傳來竊竊私語聲。

「是的，我們願意聽。」

「一個有計畫的女孩，接下來還會發生什麼事？」

「你覺得我們今天可以洗澡嗎？」

「我們的時間不多。」愛爾西提高聲音說。「所以，紳士們，請聽好。」

上將好心地開口。「各位，你們都聽見小小姐說的話了。我們時間不多了，所以每個人都別說話，聽清楚。」

「是的！」愛爾西回答。「那也包括你，上將。」

男人們暗自竊笑著。

「嘻！嘻！嘻！」

沒有人那樣跟上將說話過，上將的臉紅得跟切爾西年金老兵的絲絨外套顏色一樣。

「好了！」女孩說。「我們需要兩個分隊。第一隊的人要設法沿著泰晤士河走，到達勝利號戰艦停泊的地方，然後把她偷走。接著，他們要把船開到醫院這裡來。這裡跟河流的距離，只不過是丟一塊石頭的距離。第二隊的人需要打劫食物儲藏室，拿愈多補給品愈好。上將？」

「是的，長官！我是說，女士。我是說，小姐。」老水手結結巴巴地說。

「我們航行到**北極**需要多久呢？」

上將一跛一跛地走到地球儀邊……

咚！咚！咚！

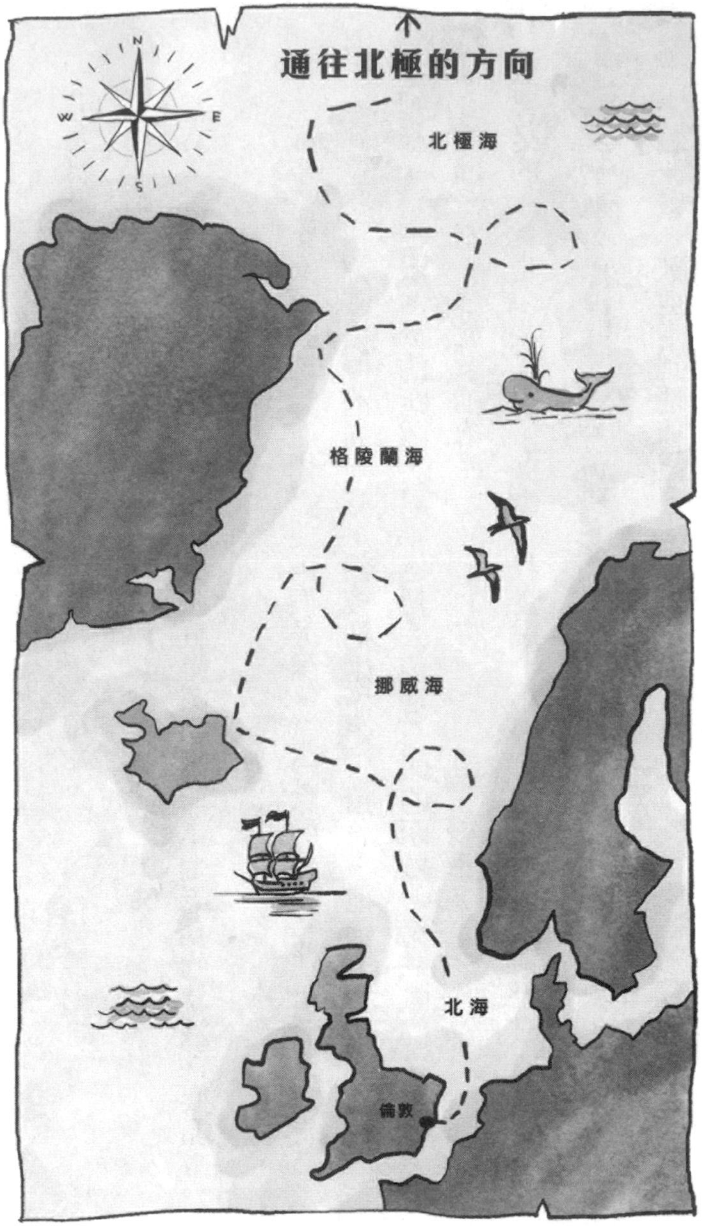
通往北極的方向
N
W
E
S
北極海
格陵蘭海
挪威海
北海
倫敦

他的手沿著路線移動。「沿著泰晤士河，進入英倫海峽。北海。挪威海。格陵蘭海。北極海，然後，蹦！我們就北極到了。不會超過三四個星期吧。」

「如果我需要上廁所怎麼辦？」達蒂問。

「你就到船的旁邊去啊，就跟水手一樣，女士！」上將回答。「那是唯一的辦法！」

「他現在仍會到窗邊小解。」小不點說。

「呼吸新鮮空氣啊！」

「站在底下的人可不這麼想。」

「三到四個星期，」愛爾西說。「我們會需要很多食物。更別說這個夥伴了！」她說，輕輕撫摸她史前時代的朋友。

「呼嗚！」毛毛表示認同。

「北極一定會冷颼颼。」達蒂說。

「說得對，達蒂！所以我們會需要所有你有辦法弄到手的溫暖衣服。」

上將舉起手。

「是的，上將？」愛爾西問。

「請問我可以負責掌管那艘船嗎？」他怯生生地問。

「好呀，當然可以囉，上將。」

「謝謝你！謝謝你！謝謝你！我來掌管勝利號耶。眞是美夢成眞！」

「你選十個人，然後把勝利號帶過來。」

「好的，」上將說。「這是一項危險的任務，甚至可能會要人命。我需要十個可靠的人。」

所有老兵們都挺起胸膛，展現最崇高的表情，全都渴望被選中。

51 寂寞的勳章

上將選出他的衝鋒隊伍。十個士兵將絲絨外套和黑長褲套在睡衣外，他們的勳章叮噹響著，再戴上他們的三角帽。愛爾西注意到，不像其他士兵們，小不點只有一個寂寞的勳章。

「小不點爲什麼只有一個勳章？」她低聲問達蒂。

「噢，別問了！」她回答。「那是他的痛楚，他們都因爲這件事取笑他。」

「集合！」上將大喊。

老兵們自動排成一列。他們或許都被歲月和病痛折磨，可是他們立正站好的光榮姿態，就和他們第一天入伍時一樣。他們之中，有人經歷過對抗俄國人的克里米

亞戰爭；有人一路奮戰橫跨印度，在非洲與祖魯戰士們作戰過。現在，他們準備好面對另一場冒著生命危險的戰役。

上將靠近長毛象，並且向她行禮致敬。

「我們不會讓你失望的，長毛象女士。」他說。

「呼嗚！」毛毛回答，她舉起象鼻，彷彿對他們致敬回禮。

「現在，大家，疾行！」

說完這句話，他就帶領他的人走出病房。

「我需要留在這裡照顧毛毛，」愛爾西說。

「你，小不點，把你能拿得了的所有食物都收集過來。一定有什麼毛毛不吃的東西。」

「呼嗚！」

「我會盡力的，愛爾西，」二等兵回答。

「謝謝你，小不點。還有，達蒂，把所有帽子、手套和外套全都拿到這裡來。把它們帶到船上，然後你們兩個就可以回來接我們了。」

「你說得對！」小不點回答。

老兵們竊竊私語著。

「不確定小不點應不應該負責領隊耶。」

「他只是二等兵欸！」

「那個人只有一個勳章！」

「他那樣還能服役嗎！」

「他不是英雄！」

「這些事情又來了！」

達蒂把手放在她愛人的肩膀上安慰他。「別在意這些話。」

「你們等著看，小子！」小不點說。「現在來吧，跟著我！」

話一說完，他就帶著他的同志們和達蒂穿過病房，留下愛爾西和她毛茸茸的朋友獨處。

「把門鎖上。」小不點走到門邊時這樣說。

「好主意！」女孩回答。

「我會敲兩下，這樣你就知道很安全，可以開門。」

「了解。」

「快快敲兩下還是慢慢敲兩下？」達蒂問。

「沒差啦，我的愛！」士兵有點惱火地說。「反正敲兩下就是了！叩！叩！只要我們一準備好要啓航，我就馬上回到這裡跟你會合。」

愛爾西急匆匆地走到門邊，在他們身後把門鎖上。

喀答！

她穿過病房，來到毛毛身邊。女孩手臂圈住長毛象。

「毛毛，別擔心，」她說。「我們會送你回家的。」

「呼嗚！」毛毛點點頭。

這隻動物打了哈欠，愛爾西也一樣。毛毛彎下身子跪了下來，把身體滾到她身邊，然後發出一個好長的嘆息聲。

「呼嗚～～～」

愛爾西躺在她朋友身邊，挨在這隻動物的肚子上。長毛象用象鼻捲住女孩，緊緊圈住她。這裡和愛爾西平時睡覺的冷錫桶是完全不一樣的世界，她們一起閉上眼睛。

「晚安，毛毛。」

「呼嗚。」

她們兩個一同吸氣、吐氣，很快就進入了夢鄉。毫無察覺有人正從窗戶外面偷看著她們。

52 橫衝直撞

在病房的窗戶外，冒出了梯子，還有一雙小而明亮的眼睛、長長的鼻子和迷你的八字鬍。是巴克局長。他發現這對朋友在睡覺，示意底下的警察保持安靜不要出聲。

「什麼？」一個警察從地面大喊。

「把手指擺在嘴唇邊的意思是安靜。」他噓聲回答。

「收到！」地面的警官大喊回覆。

「噓！」

「收到！」

雪花在他身旁旋轉飛舞，巴克局長從梯子滑下去，他的腳踩得雪地嘎吱作響。

啪嚓！

「這次不能再讓他們逃掉。」

碰！

碰！

噪音讓愛爾西和毛毛嚇醒了。女孩很肯定她聽見兩聲敲門聲，可是聲音比她預期的要大聲許多。

她想呼叫達蒂，可是她害怕得喉嚨縮緊，什麼聲音也發不出來。

碰！

又一個敲門聲。事情不對勁，非常不對勁。愛爾西向後退，感覺到毛毛用象鼻圈住她，保護她。

「呼嗚！」她發出哀嚎。

碰！

這一次，門變形了。

碰！

木頭碎屑飛到了空中。

碰！

轟！

門上面的絞鏈都被砸壞，掉到地板上了。

碰！碰！

矗立在門廊正中央的是巴克局長，隨側是幾名手下，他們的手抓著一具攻城槌。

「你們要乖乖地跟我們走嗎？」他喊著。

「呼嗚！」長毛象怒吼。

這個聲音讓愛爾西鼓起勇氣。

「不！我們會非常調皮地過去！」

說完她便爬到動物的背上，然後重拍了一下她的身體。

「駕！」愛爾西大吼。

毛毛完知道自己該怎麼做，她朝那些男人疾奔而去。

「保持隊形！」巴克下令。

警察們全都緊張地看著彼此，彼此勾起手臂。

「保持隊形！」

警察們緊緊拉住彼此。

「**保持隊形！**」

巴克是第一個違反自己命令的人。他從隊伍中跳開，破壞了與下屬排列的隊形。他的手下跟著有樣學樣，讓毛毛和愛爾西有機可趁，沿著走廊逃跑了。

「懦夫！」巴克大吼。「笨蛋！」

當然，這些警察才不是笨蛋，他們很理智，一點也不想被一隻史前生物給踩扁。

看見前方下樓的階梯，長毛象突然緊急煞車。

『嘩！』愛爾西大叫，驟然停下來的衝力把她拋向了空中。

『嘩！』

她咚的一屁股跌坐在最上級的階梯……

砰咚！

……接著竟加速一路往下滑下去。

咚！

咚！

咚！

毛毛興致勃勃地看著這一幕，也許這是最棒的下樓方法。她一屁股坐下後跟著滑了下去。

咚！

咚！

咚！

「呼嗚！呼嗚！呼嗚！」

她發出的咚咚聲更大聲，畢竟長毛象的屁股實在大得多了。不過，看她的屁股每碰到一個階梯時，就會輕聲吠叫來判斷，她似乎很享受。

不久，這一對搭檔就癱平疊在樓梯最底層了。

看見警察抵達樓梯最上方，愛爾西趕緊拉著毛毛的象鼻往前走。

「呼嗚！」動物喊著。

她們看見有個門是開著的，就跑了進去。那是一間巨大宏偉的餐廳，天花板垂掛著吊燈，牆上鑲嵌著木板。一桌桌整齊擺放的早餐，在長毛象狂奔過房間時，一桌桌地被打翻了。

「呼嗚！」

匡鏘！

碰！

猛擊！

一群廚師們從廚房裡衝出來，看看這團喧鬧究竟是怎麼回事。

「這到底是什麼情形呀？」一個廚師問。

他們一看見是一隻長毛象橫衝直撞地穿過餐廳，就趕緊都衝回廚房去了。

「抱歉打擾你們！請繼續工作！」

警察們抵達門口。

「這隻怪獸是女王陛下的財產！」巴克大喊。**「我們奉命逮它回去！活的也好，死了更棒！」**

愛爾西立刻跳到她朋友的背上，這樣他們就不能開槍了。她們衝向房間的另一端，來到高聳的門邊。沒想到，一推開門，出現的竟然是護理長，還有一群看滿臉是屎的、握著來福槍的憲兵。

「你們中計了！」護理長咆哮著。「現在馬上投降吧！」

「不可能！」女孩高喊。

憲兵人員高舉他們的來福槍。動物用後腿站了起來，發出了巨大的吼聲。

「呼嗚嗚！」

愛爾西的頭匡噹一聲撞到吊燈。她飛快地思考，馬上抓住吊燈，然後向後盪盪，接著往走廊的方向飛過去。她飛越空中，然後撞到護理長還有憲兵，就像保齡球打到保齡球瓶似的……

匡鏘！

……讓他們全都飛了出去。

「啊！」

碰！

碰！

碰！

長毛象以風馳電掣的速度奔過，他們全都趕緊閃開，滾到一旁。愛爾西立刻站了起來，跳回毛毛身上，穿過門逃走了。

53 危機四伏

計畫很快就被破壞了。現在愛爾西和毛毛根本不可能等英國勝利號戰艦抵達皇家醫院了。危機四伏，她們得繼續移動才行。她們兩個一路穿門而過，經過廊柱，經過醫院深受喜愛的創立者查爾斯二世的雕像，穿過通往泰晤士河的草坪。河流完全結冰了。冰塊能承受兩噸重長毛象的重量嗎？警察正帶著來福槍，穿越冰雪追捕她們，只能拚搏才知道了。

碰！碰！碰！

槍聲四射，樹上的鳥兒都因爲驚嚇而飛上天空。愛爾西低下頭，把腳緊緊靠在動物的身體，讓毛毛奔馳得更快。

「呼嗚！」

毛毛加速穿越冰雪，跳過河岸，重重地降落在冰上。

碰！

幸運的是，冰沒有碎裂，不過被溜冰的人磨得很滑。長毛象不停打滑，她在冰上打轉著。

「呼嗚嗚！」

「不不不！」愛爾西尖叫出聲。

她們衝太快了，撞到冰層後都停不下來。一圈又一圈地不停旋轉著，長毛象的腿張大開來，就像海星那樣攤平。

咻嗚！。

毛毛奮力滑過清晨溜冰的人之間，他們都在冰上旋轉

著，彷彿是一場大型舞蹈表演奇觀似的。

「哎呀！」他們喊著。

「抱歉！」愛爾西大喊，雖然道歉也無濟於事。前方有一艘擱淺在冰上的小船，而她們正朝向它加速前進。

咻！

女孩閉上眼睛。

碰！

小船被撞得四分五裂，木頭碎片在冰上爆開四濺。撞擊的力道使愛爾西和她的朋友分開了。

「不！」

她們兩個分別在河的兩岸停了下來。女孩遍體鱗傷，搖晃起身。她看向冰的另一頭，可憐的長毛象此刻遇到了更棘手的麻煩。她不斷嘗試起身，但每回看似快要站穩四隻腳時，就會有一條腿打滑，然後她的肚子又會重摔到冰上。

咚！

「呼嗚嗚！」

愛爾西光著腳丫滑到長毛象身邊幫她，當她看到其中一隻腳要打滑時，便用全身的重量去撐著，但她嬌小的身軀對長毛象來說太弱小了，她們兩個會因此一同滑倒。

咚！

「呼嗚嗚！」

最後，愛爾西總算能夠在長毛象周圍滑著冰，輪流豎起她的每隻腿，確定它們都站穩後。她看見遠處的河岸邊，追兵正在聚集。

「來嘛！」她下了指令，可是她才帶著長毛象往前跨出一步，立刻就又重摔到地上。

啪咚！

愛爾西眺望凍結的泰晤士河。她們撞壞的船的木板散落在冰上。這些板子又長又薄，有點像她去年冬天看到的一些上流人士貼在鞋底的東西，他們沿著被雪覆蓋的櫻草花山溜下來，比賽誰溜得快。

滑雪板！

她全速溜冰到那些木板旁，拿起兩塊板子和一截想必原本是放在船裡的繩子，然後溜回到她朋友身旁。愛爾西把這些東西放在長毛象面前，

接下來，她溜冰到她身後，推了推毛毛的屁股，鼓勵她站起來。

「呼嗚！」

儘管毛毛累壞了，她很快就明白，向前站到「滑雪板」上。

遠處的巴克和他的人已經來到冰上，護理長和憲兵緊跟在後。愛爾西用最快的速度拾起繩子，把繩子舉到長毛象的嘴巴前。毛毛咬住了繩子。

「聰明的女生。」愛爾西輕聲說。

「呼嗚！」

愛爾西用她全身的力量把繩子往前拉。

長毛象向前移動了一點點。

可惡！

這招沒有用。

討厭！

愛爾西又試了一次，這次真的很用力地拽，因而產生了一些動力，很快地，神奇的事發生了。

活生生的長毛象正越過凍結的泰晤士河滑冰！

咻呼！咻呼！咻呼！冰上的滑雪板發出聲音。

「呼嗚！」毛毛開心地喊著，她很喜歡這個速度感，她的毛髮在寒風中吹動著！

她們經過一個在雪地上烤栗子的人。

「真是美好的早晨！」她們滑過他身旁時，愛爾西說。

就連蟲蟲之家的孤兒們也一定不敢相信吧！男人吃驚得睜大眼睛，張大嘴巴，而這隻史前生物則持續興奮地……

「呼嗚嗚嗚嗚嗚嗚嗚嗚嗚嗚！」

54 皇家海軍勝利號戰艦

遙遠的前方，在霧中若隱若現，像是幽靈船的那一艘是英國勝利號戰艦。

三枝桅杆向上延伸到天空。

高聳的方形船尾有很多窗戶。

最上方有著壯麗的徽章。

底部鑲著又大又自豪的斜體字——勝利號。愛爾西並不認識字，可是她知道這幾個字長得怎樣。英國驅勝利號戰艦是整個王國裡最有名的船，或者就算要說是全世界最有名的應該也不爲過。

她和毛毛滑冰滑得更靠近時，就可以看到上將和他的人正把上桅帆吊起來。再靠近一點的時候，她可以認出達蒂、小不點，和他們這一隊的人正把箱子裝載到船上。女孩忍不住露出了微笑，他們即將要成功了。

砰砰砰砰砰！

是上方傳來的機關槍聲！有人從空中攻擊她們！

他們朝冰上掃射，這對夥伴驚險地躲過。

愛爾西嚇到腳步踉蹌。她跌倒時，毛毛也跟著跌倒了。她們重重地摔在冰上。

噗咻！噗咻！

「啊！」愛爾西痛苦地尖叫。

「呼嗚！」

長毛象喊著。

愛爾西抬頭往上看。透過霧氣，她曾見藍鯨大小的什麼東西在空中飄浮。這個東西大到遮蔽了太陽。

是齊柏林飛艇[7]，德國飛船中最大最先進的其中一種。

7 這種飛行船是依它的創始人——斐迪南・馮・齊柏林伯爵命名的。齊柏林飛船是由小吊船和填充了非常多的氫氣的氣球組成的。

在下方的吊船裡，有個戴著獨特的木髓頭盔的女人，表情殺氣騰騰，站在一具機關槍後。

是大鉛彈小姐，大競賽獵人。你可以從好幾英哩外，就聞到那難聞的雪茄氣味了。

砰砰砰砰砰！

又落下一陣子彈雨。子彈直直穿過冰面，在冰上炸出許多洞。

碰唰！碰唰！碰唰！

冰冷的河水湧出來。仍攤在地上的愛爾西，慢慢地，且確實地感受到河水流過她脖子旁邊，接著浸溼她的袖子。她看向她的朋友。

毛毛正在往下沉，而且速度很快。

「呼嗚嗚！」

碰碰碰碰碰！

更多的子彈。更多的孔洞。更多裂縫。更多水。更危險了。

「呼嗚嗚嗚！」動物恐懼得吶喊出聲。

愛爾西緊抓住她朋友的象鼻。

「不會有事的，毛毛。我會救我們兩個脫困的，我保證。」

碰碰碰碰碰！

「呼嗚嗚嗚嗚？」

她們底下的冰爆成碎片。

匡蹦！

她們兩個陷入冰水裡。

「不不不不不！」女孩尖叫著，漸漸地被水淹蓋住。

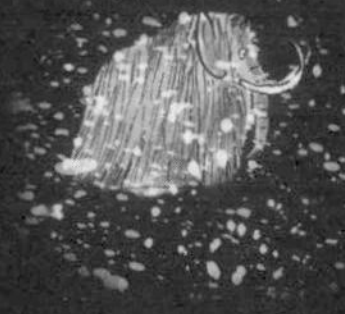

55 無聲的黑暗

一片漆黑。

愛爾西看得見的只有黑暗。

她只聽得見寂靜。

女孩能感覺到的，只有致命的冰寒。

一開始，她不知道哪邊是上，哪邊是下。

毛毛在哪裡？

在混亂中暈頭轉向，她看不見、聽不到，也摸不著她的朋友。泰晤士河強勁的水流把她沖離她掉下來的洞口。愛爾西使勁划水回到那，但事實證明是不可能的。她被水流愈沖愈遠。絕望中，她重重地搥打冰層下方，試圖撞出出路。

蹦！蹦！蹦！

冰層有幾英呎厚，她的小拳頭根本不是對手，甚至無法撞凹。愛爾西張大嘴巴尖叫，可是在水底根本沒有人聽得見她的聲音。

正當她感覺自己的生命正一點一滴地流失，她正下沉至水底，迎接墳墓的到來。突然感覺到身體底下出現一陣波動，有什麼東西正把她往上推。是毛毛！她用尖銳的象牙敲碎冰層，女孩躺在長毛象的雙眼之間。

喀鏘！

愛爾西倒抽了一口氣。「啊！」

「呼嗚嗚嗚？」

女孩全身溼透，而且快凍僵了，不過她還活著。愛爾西從長毛象的臉上溜下來，碰的一聲落在冰上。

「哎呀！」

雖然泰晤士河的髒水讓她又是發抖，又是嗆到，但愛爾西一心一意惦記的只有她的朋友。

「毛毛！」她嘶吼著。

「呼嗚嗚！」

長毛象的象鼻正從冰上的洞裡探出來，她拚命掙扎著想要呼吸。愛爾西用盡全部的力氣緊抓住它，這隻動物才不會沉下去溺死。

「抓好啊，毛毛！拜託！」她喊著。

女孩知道自己不可能把這隻兩噸重的生物從河裡拉上來，可是她並沒有停止嘗試這麼做。

「嚇！」

然後再一次。

「嚇！」

然後又一次。

「嚇！」

「呼嗚嗚！」

她使上全身的力氣還是不足以救她的朋友一命，可是她們拚命到現在，不是爲了在這結束，一定有什麼辦法可以救她！

「誰來救救我們呀！」

愛爾西尖叫。她的聲音在冰

層上迴盪。

在遠方，她看見幾個退休老兵們穿著他們醒目的絲絨外套還有三角帽，他們來救援了！

小不點在最前面帶頭。

老兵們手中拉著一條粗繩，繩子在冰層上蜿蜒，綿延至後方的船上。在他們頭上，齊柏林飛船正盤旋著，準備展開另一次攻擊。

「死吧，怪獸，受死吧！」大鉛彈吼叫著。

碰碰碰碰碰！

機關槍發射，另一波子彈讓碎冰噴飛。

匡蹦！

齊柏林飛船緩慢地再次繞回來，準備再次發動另一波攻擊。

「把繩子丟給我！」愛爾西喊著。長毛象下沉得很快，現在只看得見象牙的尖端從冰冷的水裡探出來。愛爾西把繩索尾端勾在其中一根象牙上，把繩子綁緊。

「拉呀！」她下令。

老兵們全部抓緊繩索，用盡全力拉，才勉強把長毛象的頭拉到水面上。

這隻動物口齒不清地發出一聲震耳欲聾的「呼嗚！」

英國勝利號戰艦上有很多幫手，剩下的退休老兵們拉住繩子的另一端。

聽從著上將的指揮……

「數到三喔。一、二、三，拉！」

……他們全部一起拉，把長毛象抬起來，從酷寒的水裡拉出來。毛毛順利地碰的一聲回到在冰層上。

咚！

「呼嗚！」她鬆了一口氣。

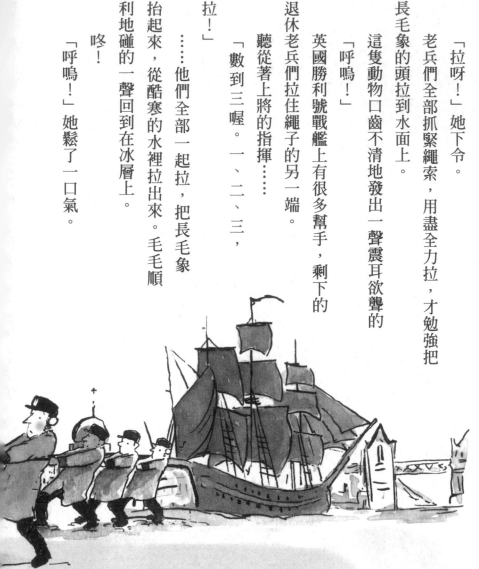

「太棒了！」愛爾西大喊。她望向毛毛身後，看見兩列弧形隊伍的警察和憲兵即將包圍她們。「升起船帆！」她喊道。

「抱歉喔，小小姐！」上將喊了回去。「我負責掌管這艘船欸！」

「噢，對，你來說！」

「升起船帆！」

勝利號雄偉的船帆就這樣在多年以後第一次升起……

呼咻！呼咻！呼咻！

……冰上這群人推著長毛象，讓她站起身來。

「走呀！走呀！走！」愛爾西喊著。她帶他們橫越冰層，抵達船邊，愛爾西拉住她的朋友，讓長毛象不要打滑。

在天空中，齊柏林飛船正盤旋到備戰位置，預備另一波攻擊。

在機關槍後面，大鉛彈小姐再度瞄準長毛象。

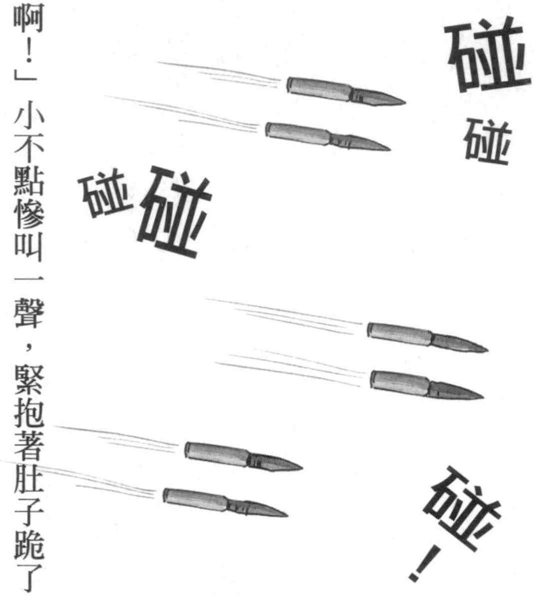

「啊！」小不點慘叫一聲，緊抱著肚子跪了下來。

56 小不點有點痛

「不不不！」達蒂在勝利號的船尾上尖叫著。「小不點！」

「小不點！不！你中槍了嗎？」愛爾西問。

「不，我只是肚子感覺有點刺痛而已，」他回答。接著，他充滿英雄氣概地宣告：「我可能辦不到了，你們不要管我，繼續前進吧。讓我留在冰上死去。」

「死？小不點！你只是有點刺痛啊！」

「我傷得很重，真的很嚴重，可是，答應我一件事，小愛爾西？」

「什麼事，小不點？」

「告訴達蒂……我愛她。啊！」他又緊緊抱住肚子。

愛爾西搖搖頭。她也許是這裡的小孩，可是她常常覺得自己比大人更像大人。

「你自己告訴她吧，小不點！」女孩說完，將手臂穿過他手臂下方，攙扶著他。

「我的親愛的發生了什麼事？」達蒂在船上喊著。

「小不點肚子有點刺痛！」愛爾西回答。然後女孩就把注意力轉回二等兵身上。「現在別傻了，小不點。不管刺痛不刺痛，我們全部都要上那艘船。」

「我會盡力的，小小姐。」

風讓船帆揚起，船身開始擊破冰層。

喀啦！

勝利號放下了大舷梯，舷梯唰的一聲碰撞到冰層！

「毛毛優先！」愛爾西大喊，她集合幾個退休老兵們到毛毛的身後，並合力推著毛毛的屁股，讓她走上舷梯。

這艘船在破碎的冰上擺動，舷梯也隨之左右搖晃。

「呼嗚！」長毛象鳴叫一聲。

「就快到囉，我的朋友！」愛爾西喊道，她正用全力推最後一下，把長毛象推上船。

碰咚！

木頭甲板在長毛象的重量下被壓彎了一點點。

「呼嗚嗚！」

「萬歲！」船上所有人一同喊著，爲了他們又大又毛茸茸的朋友終於成功感到雀躍不已。

在勝利號上方，齊柏林飛船飛得很低。

「現在我逮到你囉，冰原怪獸！」吊船上傳來一聲大喊。

碰碰碰碰！

在勝利號被子彈穿孔時，所有老兵們快速臥倒。

咻！咻！咻！

「我中槍了！」上將大吼。

達蒂衝到他身邊。

「哪裡？」

「我的腿！」

「哪一條腿？」

「木腿。」

眞的，木腿上卡著一顆子彈。

「流血了嗎？」達蒂問。

「是的，很嚴重。」

「我沒看到血啊！」

「不，只是木屑而已。」

「你覺得痛嗎？」

「一點也不痛。可是那個天殺的女人別想就這樣逃掉！」

57 復仇

船帆全開，勝利號戰艦開始破冰前進。

感到又溼又冷的愛爾西望向船尾，查看還有誰依然尾隨著他們。在遠方，她看得見像是船帆的東西沿著冰層加速，超過了警察。等它靠得更近時，她看出船帆是彩色的。事實上，那是她們之前用手帕還有一件燈籠內褲做成的氣球。

「怎麼……？」她啞口無言。

等到氣球靠得更近時，她才看見在那之下的教授！他把船帆固定在他的輪椅上，用風力推著自己前進。

「你不能打倒一個偉人！」他大聲喊道。他單手操縱船帆，另一隻手握著鏢槍。

「我來把我的怪獸帶回去！這是復仇！」

「噢，不！」達蒂說。「這眞是沒完沒了！」她對上將大喊：「加速！」

加速！」
「是冰的關係！」男人喊了回來。「冰層太厚了，沒辦法再更快了！」
「看！」她指著教授。
「也許我們可以一石二鳥。」上將回答，把航道設定直行前往新建完成的塔橋。
愛爾西看向河岸，注意到倫敦城已經甦醒，群眾開始聚集在泰晤士河岸。讓她驚訝的是：倫敦人開始鼓掌歡呼，很顯然的，他們很開心能看到這隻神奇的野獸——長毛象——起死回生，而且還活生生地登上尼爾森的老戰艦。
「萬歲！」
可是出現了一個大問題：勝利號的船桅太長了，沒辦法從塔橋下通過。
「我們沒辦法成功過去的，上將！」小不點在船首喊著。
「我們得讓那座橋打開才行！」上將喊了回來。
愛爾西瞧見一些小孩在橋上遊蕩。絕對不會錯，那是黏答答手指幫。
「愛爾西！」他們看見她紛紛大喊。
「把橋打開！」她喊了回去。「往上！往上！」

黏答答手指幫的小孩立刻開始攀登這座橋，想找出控制室在哪裡。

齊柏林飛船現在就在他們的船後方，而且就要趕上他們了。速度飛快。

喀噠！ 咻！

教授也趕上了，他發射了有毒的飛鏢。

乒！

它卡在大鉛彈的木髓頭盔上。

「看看你在射哪裡，你這個該死的蠢蛋，想要我把你轟成碎屑嗎！」她喊著。

「那你就別讓那個愚蠢的過時玩意兒擋我的路！」

教授再次開槍。這一次，飛鏢打到齊柏林飛船巨大的氫氣槽。

噗嘶！噗嘶！

一聲很大聲的洩氣聲後，氣體開始外漏。

盛怒下，大槍彈把她的機關槍瞄準了教授。

碰碰碰碰！

「沒打到！」教授喊著。

「看看你的輪椅吧，你這個老笨蛋！」

他向下看。真的，她把輪椅炸掉了。

教授現在是用屁股在冰上滑行。

混亂中，他們兩人都沒有注意到塔橋開始升起。

勝利號的主船桅剛剛擦到橋邊，橋就打開了。

擦過！

「萬歲！」勝利號通過宏偉的橋時，船上的士兵們大喊。

「呼嗚！」毛毛也跟著歡呼。

上將環顧四周，不但看見大鉛彈小姐搭乘的齊柏林飛船在後方緊追不捨，

還看見教授在船尾處往前滑冰。

「叫那些淘氣鬼們把橋降下來。小聰明！」上將下令。

「往下！往下！」女孩對她的朋友們大喊。

指令一傳達，塔橋就開始降下來。

機關槍發射，再次穿透勝利號的船身。

碰碰碰碰碰碰！

在齊柏林飛船上，大鉛彈小姐對駕駛員吼叫命令。「往上！往上！」

「可惡！」上將說。「她不會上當！」

一條細繩纜線正從飛船上垂吊下來。毛毛用她的象鼻抓緊了纜線的尾端。

「呼嗚嗚！」

「毛毛？」愛爾西開心地驚呼。這隻長毛象太聰明了。

齊柏林飛船的引擎轟轟作響，長毛象用盡全力把這架飛行機器拽了下來。

「幫她的忙！」愛爾西大喊，老兵們衝過來拉住毛毛，不讓她被拉到空中。

「不！」大鉛彈女士尖叫著，這個時候齊柏

林飛船直直撞上了塔橋。

猛撞！

氫氣槽在空中爆炸了。

碰轟！

「啊！」大鉛彈小姐大叫著，她的吊船直接衝向教授。他們兩個都沉進冰冷的泰晤士河裡。

咯咯！咯咯！咯咯！

撲通！撲通！撲通！

咕嘟！咕嘟！咕嘟！

「萬歲！」勝利號上每個人都大喊著。

「呼嗚！」毛毛也發出了叫聲。

黏答答手指幫的成員們全部跟愛爾西揮手道別。

「祝好運！」他們大喊。

「謝謝你們！」她也喊了回去。「我們會需要好運的！」

上將對他的船員們說：「現在，大夥兒，航向**北極**！」

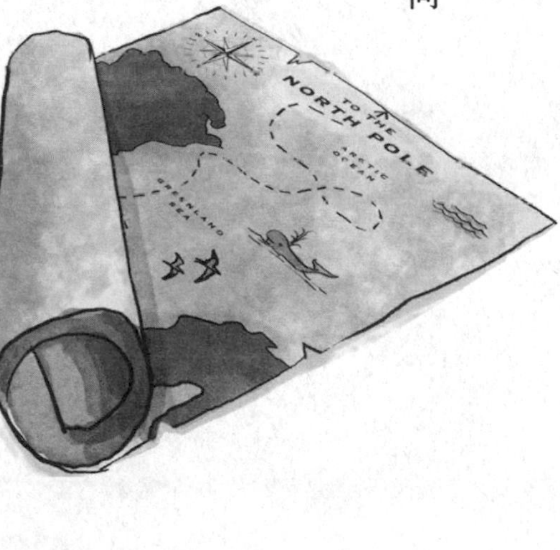

第二部

公海

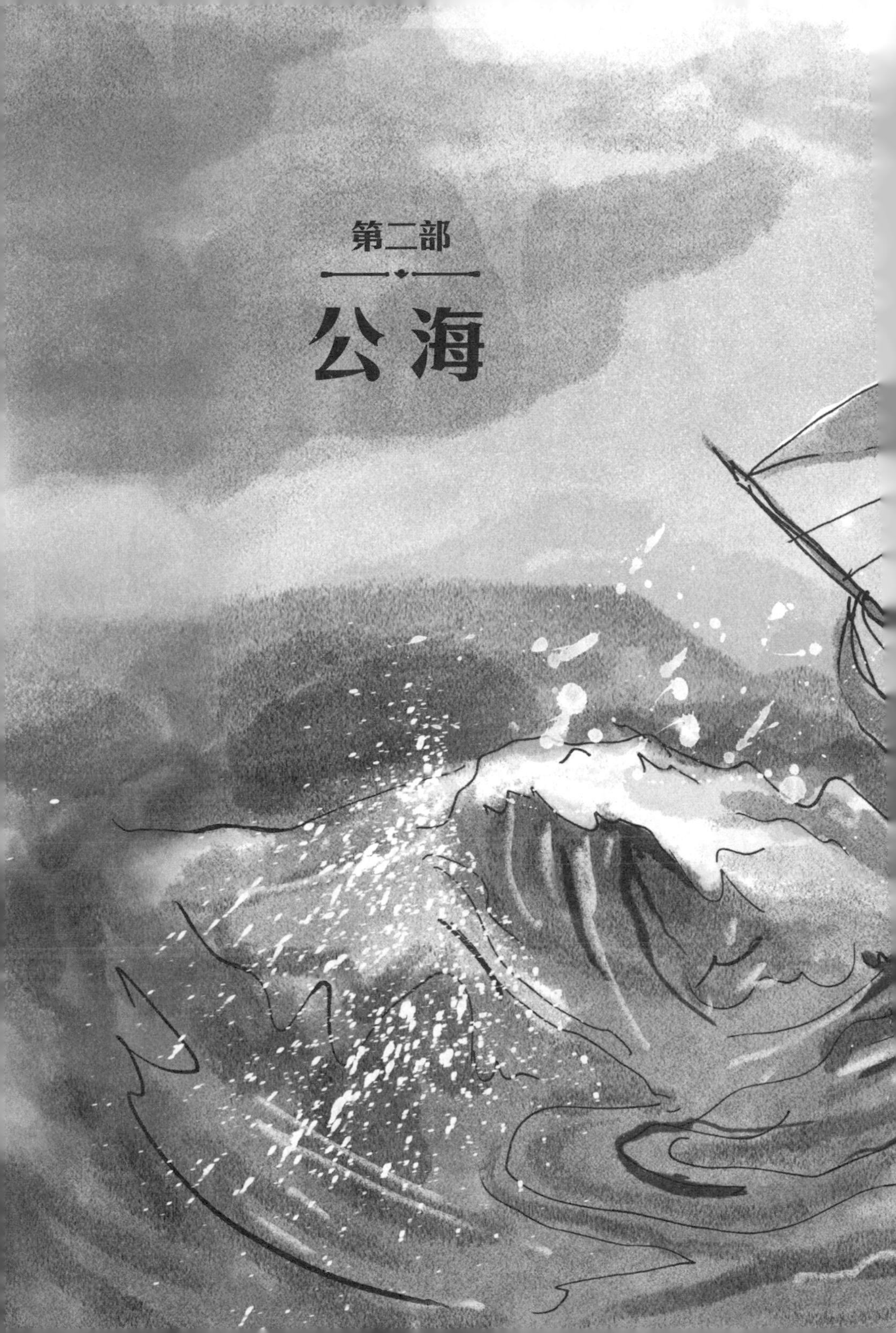

58 切開冰層

「哪邊是北極，閣下？」小不點突然問道。

「直直向前，大夥兒！」上將發號施令，指著河的下游。「等我們抵達海洋，向左轉彎！」

長毛象抵達這座城市時造成巨大的回響，牠的離開更益發如此了。消息傳得很快，不久，好像每個倫敦人都沿著泰晤士河奔跑，渴望成爲這趟大冒險的一部分。驕傲的老上將對他們致意，這鼓舞群眾歡呼得更大聲。

「萬歲！」

「呼嗚嗚！」毛毛呼喊著，看起來好像對群眾揮舞著象鼻。

這讓群眾為之瘋狂。

「萬歲！」

這是快樂的一幕，也讓勝利號戰艦上所有人的心裡都充滿了喜悅。

小不點悄悄站到達蒂身邊。

「我差一點就完蛋了。」他說。

「發生什麼事了，我的愛？我還以為你中槍了！」她回答。

「情況比那樣糟糕太多了。是刺痛。」

「刺痛？」

「是的，痛得很嚴重的話，有可能會要了你的命。」

「我不知道會那樣耶，」女士回答。「也許我得親它，讓它好受一些。哪

裡痛呢？」

老兵指著他的嘴唇。「這裡。」

他們接吻了。那是親親史上最短暫、最甜蜜的吻。可是他們的嘴唇久違相會就像是煙火，兩人嘴唇分開時看起來都有點頭昏。

「我覺得我需要坐一下。」達蒂說。

「我覺得我需要躺一下。」小不點說。

「水手們，現在不是親吻的時候！」上將命令著。「我們還要航行一艘船耶！」

他下指令後，男人們都著手工作。勝利號戰艦很快就加快了速度，開始輕鬆地穿越冰層。船駛過東倫敦，愈來愈靠近海洋，冰層也變得愈來愈薄。船隻航行的速度愈來愈快，直到它經過泰晤士河河口，駛入開闊的海洋。

「萬歲！」年金退休老兵們喊著。

「呼嗚！」毛毛喊著。

「左舷！」上將下令，這是往左邊轉的航海術語。

此刻海浪拍擊著船艦，使船隻左右晃動。長毛象站在船首，好似一尊非正式的船首雕像，矗立在船頭。她的象鼻垂了下來，蓋住眞正的船首雕像，那是皇家的盾牌與皇冠，兩側各有一個小天使。

愛爾西悄悄地走到她朋友身旁。「又在看北方了嗎？」她說。女孩凝視著無垠的大海。北極遠在數千英哩以外。「我們會送你回家的，毛毛。我保證。」

說完這句話，她輕輕撫摸著長毛象其中一隻毛茸茸的大耳朵。毛毛溫柔地傾身靠著女孩，這是她表達感謝的一種方式。

「呼嗚！」她低聲喊道。

59 鑽石星塵

海上的日子一天一天過去。勝利號戰艦航行到蘇格蘭最遠的一角，接著孤零零地置身於最黑暗的北海。

好幾個星期過去了，船向北航行，海洋也變得愈來愈險峻難行。像樹一般高聳的海浪打在勝利號上。

劈哩！

啪啦！

劈哩啪啦！

所有人都得一起阻止船沉進海底。就連毛毛也是。長毛象用象鼻吸起甲板上一灘一灘的水，把水向後噴到舷外。

又一個夜晚降臨勝利號，最後，他們總算進入比較平靜的水域。年金老兵們輪班工作，睡在甲板下的鋪位。毛毛太大了進不去，所以到了睡覺時間，愛爾西會陪著毛毛。就像在醫院的時候一樣，這對最好的朋友蜷縮在一塊兒。

「晚安囉，毛毛，」愛爾西會說。

「呼嗚！」毛毛會回答，如果翻譯她的長毛象語，意思就是「晚安囉，愛爾西。」女孩會把自己藏在毛毛柔軟的肚子毛髮下。然後，長毛象會把她的腿併在一起，保護她朋友不受寒冷侵襲。毛毛是最柔軟、最舒適的床；在夜裡，她們躺在一塊兒時，愛爾西感覺自己回到家了。抬頭向上看，她可以看見天空中的繁星彷若鑽石星塵。

一切似乎如此完美。

這不可能長久。

也的確不長久。

60 後方有船！

「後方有船！」一天早晨，勝利號上的瞭望台傳來一個叫聲。

所有老兵們都湧到船尾。他們互相推擠，急切地想看一眼他們置身船桅頂端的同志究竟看見了什麼。腳步聲也吵醒了愛爾西和毛毛，她們也加入了行列。上將拿出他的望遠鏡。

一隊金屬輪船浮現在地平線上。

「有多少船，上將？」小不點問。

「一些吧，我說。」

「我們能戰勝它們嗎？」愛爾西問。

「我們可以死命一搏！」

「萬歲！」男人們大喊。

「呼嗚！」毛毛也加入。

上將下達指令，要讓這艘老船用最快的速度行駛。勝利號戰艦航行穿越海洋，感覺就像在飛翔。可是就算全速前進，它依舊不是現代化輪船的對手。

「它們就要趕上我們了！」愛爾西大吼。

「我們已經全速前進了！」上將回答。「準備大砲！」

「恕我冒昧，上將，閣下，」小不點突然說。「可是我們不能對自己的同胞開火！」

「對，你說得有道理，」上將思考著。「這樣我們會以叛國賊的名義被吊死。」

「一定還有什麼辦法！」愛爾西驚呼。「我們有多少桶火藥？」

達蒂開始計算。「一、二、四、三、四、九、三、七、嗯、呃、六。很多。很多啦！」算數不是她的強項。

「很多，謝謝你，達蒂。我可以算出十二。十二桶火藥。如果我們把它們滾落到海上呢？」

「那是我這輩子聽說過最荒謬的主意了，孩子！簡直就是浪費我們上好的火藥！」上將回答。

「我還沒說完耶！」

「噢！」年金老兵們輕聲驚呼。

「我的船上才不許聽到『噢』！」上將暴跳如雷地說。「你們懂不懂？一旦水手都開始對彼此說『噢』，天知道這件事會變成怎樣！」

老人點點頭，還在爲自己的調皮偷笑。

「呼嗚！」毛毛喊著。

「你也別再回嘴了，拜託。」上將對長毛象說。

「我原本要說的是，」愛爾西繼續說：「我們應該一個接一個地把桶子滾到海上。接下來，我們就等到那些船靠近時，讓槍法最準的人用那些火槍射擊。」

「射你自己的火藥？」上將震怒地說：「我從來就沒聽過這種胡說八道！」

「恕我冒昧，閣下，」小不點怯生生地開口說：「我認爲這個女孩想到了好主意。那樣可以製造煙幕！」

「煙幕？」上將語塞。

「是的！然後我們就有機會甩掉那些船。」

「是的，先生們，還有嗯，女士們，改變策略。」老水手沉穩地說道。

「我下達『現在』的指令時，我要你們把桶子滾到海裡。小不點？」

「是的，上將？」

「你知道怎麼使用火槍嗎？」

「這個嘛，我，呃…嗯，是這樣的……」他猶豫了，他很緊張。他只得過一個勳章，而且是服務勳章，也就是所有士兵都有的勳章。他從來不曾把自己看成英雄。

小不點最不希望的，就是讓所有人對他失望。

61 開火！

「太棒了！」上將回答。一如往常，他沒有在聽人說話。「小不點，我一下令『開火』，你就對一個桶子開火。」

可憐的小不點緊張得發抖。很明顯的，他並不想置身在這一切壓力之下。

桶子一個接一個地滾落海中。

滾呀

撲通！

滾呀

撲通！

滾呀

撲通！

一桶一桶的火藥很快就浮在水上，英國海軍的軍艦也愈來愈靠近。

「小不點？你準備好了嗎？」上將問。

可憐的二等兵掙扎著，試圖把火藥粉裝填進古董火槍裡。「請稍等一下，閣下！」

達蒂把子彈傳給他，試圖幫忙。

「我自己可以！」他斥責道。

「小不點！」上將喊著。

「準備好了，閣下！」

小不點舉起火槍。

「開火！」

二等兵深呼吸一口氣。這是他證明他們都錯看他的機會，證明他終究可以成爲英雄。他發著抖，身爲士兵這麼多年，他從來沒做過的事……扣下扳機。

喀答！

什麼事情也沒有發生。

「抱歉，閣下，我已經扣到半擊發的位置了！」

「開火！」

砰！

火藥噴發的力量讓小不點偏離了準頭。子彈並沒有越過海洋射向桶子，而是擦過了毛毛頭頂，把她的毛分成了兩邊……

「呼嗚嗚～」

……然後在勝利號戰艦的船帆上炸出一個大洞。

「你這個該死的蠢蛋！」上將發火。「我要讓你爲此上軍事法庭！」

「我眞沒用！」小不點說，挫敗地垂下頭。

「把火槍給我，二等兵，」上將下令。

「讓他再試一次嘛！」達蒂求情。

「我們現在是在遊樂場嗎？」旅長問。

「我有過機會，但我搞砸了！」小不點絕望地哀嚎著。

「不，小不點！」愛爾西突然開口說。「你做得

到，我知道你可以的。」

她轉向上將。「拜託？」

上將就是拒絕不了女孩。

「那好吧，」他有點惱火地說。「可是只有一些火藥桶和一些彈藥，如果他失敗了，就結束囉。」

「不要有壓力，我的愛。」達蒂說，這話還是沒什麼幫助。

上將長嘆一聲，「全力開火吧，二等兵。」

小不點再次裝填火槍，然後瞄準。他深呼吸一口氣，閉上眼睛，然後開火。

砰！

這一發射擊越過了海洋。

轟隆！

火藥桶爆炸了，一陣厚重的黑色煙雲浮現。

「萬歲！」勝利號戰艦甲板上的老兵們大喊。

「呼嗚！」長毛象也喊著。

「你成功了，小不點！」愛爾西高喊。

「我的英雄！」達蒂也說。

「擊中一個，還有十一個！」小不點說。

「開火！」上將下令。

轟隆！

又一次。

轟隆！

再一次。

轟隆！

一連三發。

轟隆！

轟隆！

轟隆！

正中紅心！

開火！

轟隆！

太棒了！

轟隆！

好運連連。

轟隆！

簡單。

轟隆！

最後一槍囉……

轟隆！

儘管困難重重，小不點擊中每一個桶子。現在整個海面瀰漫著一大片黑煙。

「萬歲！」士兵們呼喊著。

「呼嗚！」毛毛也湊一腳。

62 掉進陷阱，可是沒有出局

「安靜！」上將下令。「我們來聽他們的船聲！」

船上每一個人都安靜下來。在遠處，他們聽得見汽笛響起，還有引擎運轉的聲音。

匡隆！

甚至還有船隻相撞時，金屬相互碰撞的聲音。

猛撞！

碰！

重擊！

「唉呀！」上將說。

「我們整到他們囉！」達蒂驚呼。

「呼嗚！」毛毛大喊，高舉象鼻慶祝著勝利。

「他們是英國海軍艦隊。」上將說。「世界上最棒的艦隊。他們已經掉進我們的陷阱，可是還沒有出局。煙霧很快就會消散，我們必須迅速行動。要甩掉他們，我們就得改變航道。右舷喝！」

船上全部的人立刻動作，讓船緊急將航道轉向右邊。就連長毛象現在都學會航行了，她的象鼻抓住船舵，把舵用力轉向右側。船斜向另一邊的速度快到讓老兵們都跌倒了。毛毛則跌在上將身上。

「呼嗚嗚！」

可惡！

「哎唷喂！」上將喊著。「把這顆大毛球從我身上移開！」

愛爾西偷笑了，她和甲板上所有幫得上忙的水手一起把長毛象從他們的領袖身上拉開。

「謝天謝地，我沒有計畫再生任何小孩了！」上將重新站起來時自言自語著。他一跛一跛地走到船尾。

咚！咚！咚！

接著，他拿出他的望遠鏡，研究他們身後的海。煙幕正慢慢消散。愛爾西悄悄地走到他身邊，毛毛也悄悄跟著他們。長毛象非常好奇。她的象鼻把望遠鏡從他手裡拔了出來。

偷偷掃起！

「別鬧了！」他生氣地責罵完後便拿回望遠鏡。然後，他轉向愛爾西。

「請試著控制一下你的寵物長毛象。」

「我會努力的，閣下。」她咧嘴笑著回答。

「我沒看到任何船，」他說。「我想我們成功了。我的天啊，我想我們成功了。」

就在這個時候，愛爾西看見一個形狀從煙幕裡鑽了出來。

「在那裡！」她大喊。

上將把望遠鏡放回眼前。「可惡！它們其中一個逃過一劫了。」

「我們不能放棄啊，上將。」女孩說。

「絕不可能！現在聽好了，男人！還有，嗯，女人，還有……當然啦，女孩……」上將說。

「呼嗚！」毛毛也說，她不想被排除在外。

「對對對，抱歉，」上將回答，一面翻著白眼。「所以聽好囉，長毛象！其中一艘船逃過了。」

「噢，不！」他們齊聲說道。

「我們得爲最糟的情況做好準備。在不到一個小時內，他們就會趕上我們。我們必須做好他們會登上船的準備。男人還有……嗯，女人，當然還有女孩……」

「呼嗚！」毛毛提醒他。

「……當然，誰會忘得了咧，長毛象。我們已經沒有子彈了。火藥也沒了。可是你們必須武裝自己，無論你們手上拿得到什麼！」

「是的，閣下！」又是一陣和聲般的回答。

「祝好運囉，男人，還有所有不包括在剛才那個稱謂裡的人！」

勝利號戰艦的甲板上立刻忙碌起來，因爲船上所有人都在武裝自己。因爲彎刀不夠多，所以大部分的士兵們都拿起了掃帚和拖把。

原本還在追趕他們的英國海軍軍艦現在來到他們的視線中，是偉大的阿爾戈英雄號。[8]

煤油引擎讓四具巨大的漏斗幫忙排煙，阿格諾特號加足動力穿越海浪，直直駛向勝利號。

老兵們的手裡握著克難的武器，準備好面對最糟的狀況。上將靠近愛爾西。「你只是個孩子，我覺得你最好到下層甲板去。」

「你在開玩笑嗎？」女孩回答，伸手去拿一根長長的木頭硬帆支條。「就算把全世界送給我交換，我也不會錯過這個。」

「我們會讓你成爲水手的！」上將說。他卸下木腿，高舉揮舞著它，準備作戰。他忘記自己沒辦法單腳站立，搖搖晃晃了一會兒後應聲跌在甲板上。

咚！

8 這艘船是依古希臘神話中的阿爾戈號，也就是伊阿宋的船來命名。

63 投降吧！

「投降吧！」阿格諾特號追趕到勝利號一旁時，一個聲音從阿格諾特號的擴音器裡傳出來。

「不可能！」勝利號上的人齊聲回答。

「抱歉，我沒聽清楚！」

「我們說『不可能』。」

「你們說『不可能』嗎？」

「對！」

「抱歉，實在聽不清楚。你們有擴音器可以用嗎？」

「沒有！」

「你們說什麼？」

「我們說『沒有』！」

「那太可惜了。」

「我們知道。」

「抱歉，你們說什麼？」

「我們說：『我們知道』。」

「謝謝你們。現在我們的命令，是要把**冰原怪獸**帶回倫敦，牠是女王陛下的財產。」

所有老兵們都看著愛爾西。她告訴他們：「毛毛不是任何人的財產。」

「噢，不，牠不是！」勝利號上的人齊聲說。

「噢，是的，牠是！」聲音回答。

「噢，不，牠不是。」

「噢，是的，牠是。」

「我們在演話劇嗎？」旅長問道。

「如果你們把這隻生物歸還給我們，我們就不必開火。你們要投降嗎？」

「不要！」

「我很確定你們的回答是『不要』。」

「是！」

「抱歉，是的意思是說『不』，還是『是』？」

「是說『不』！」

「謝謝你們！」

「我們的榮幸！」

「謝謝你們。」

「別客氣。」

「那就準備作戰吧！」

「天哪，實在有夠久，」達蒂自言自語著。

阿格諾特號一點一地的靠近勝利號戰艦。阿格諾特號的年輕水手們看向另一艘船的老兵們。兩批人對彼此禮貌地點頭，畢竟他們都是英國人。最後，阿格諾特號的船長下令了。

「攻擊！」

64 一灘鮮血

年輕的水手們輕輕鬆鬆就從一艘船跳到另一艘船。他們登上勝利號的甲板，揮動他們的來福槍。

「衝呀！」上將吶喊，他帶著年金老兵們一同作戰。老兵們很勇敢，用他們的彎刀、拖把和掃帚攻擊年輕的水手們。

匡！

啷！

匡啷！

他們直接去搶來福槍，試著阻止來福槍離開地板。

這時候，達蒂找到一個舊錫桶，還用它來敲年輕水手們的頭。

劈！

啪！

咚！

很多人都被她的重擊敲昏了。

「唉唷！」

碰！

「噢唷！」

碰！

「啊！」

碰！

同一時間，愛爾西用她的硬帆支條敲這些入侵者的屁股。

啪！

「啊！」

啪！

「啊啊！」

啪噠！

「啊啊啊啊！」

她臉上浮現一抹笑容，這真好玩。

毛毛也加入了。

「呼嗚！」

長毛象用她的象牙抬起一個水手，再把他丟進海裡。

「不不不！」

撲通！

愛爾西繼續奮戰，同時眼角餘光看見阿格諾特號上一座大砲轉向。現在，大砲正直直地對準長毛象。船長下令。

「全力開火！」

「不不不不不！」愛爾西尖叫著，她把手舉到空中阻擋她朋友被攻擊。砲手開了火，一張巨大的網子發射過來，橫越勝利號的甲板，把長毛象困在網子裡。

「呼嗚！」毛毛咆哮著。這隻可憐的東西很不高興，開始四處橫衝直撞。

呼嗚～

她愈衝撞，網子就纏得更緊。

「**呼嗚～呼嗚～**」

「毛毛！毛毛！」女孩喊著，她試圖安撫長毛象，可是徒勞無功。

長毛象跌跌撞撞地衝過甲板，撞上人們和東西。

她到處旋轉，撞倒一個水手。

咚！

「啊！」

另一個水手被巨大的史前時代的腳踐踏。

碰！

「唉唷！」

第三個水手被勾到網子上，還被拖過甲板。

「救命啊！」

水手的手裡還緊握著他的來福槍，他的手指勾到了扳機。一聲槍響。

碰！

勝利號上的所有人都靜止不動。

毛毛也靜止不動。她不再橫衝直撞，她矗立站著不動一會兒，然後才突然倒下，震耳欲聾的碰一聲倒地。

一灘血灑在甲板上擴散開來。

「毛毛！不不不不不！」愛爾西尖叫。

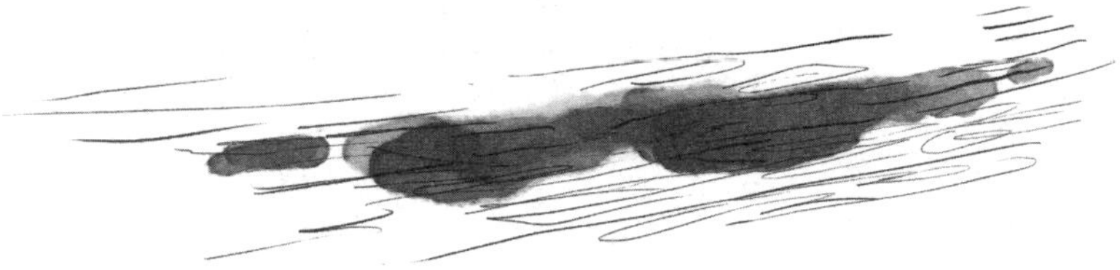

65 硬梆梆的雨

老兵們和年輕的水手們一起合力把網子裡的長毛象解救出來。阿格諾特號的船長一把他的兩名水手從北海拖出來，也登上勝利號幫忙。

「我很遺憾發生了這件事。」船長說。

愛爾西把她的手放在毛毛的胸膛上，阻止血流出來。

「你為什麼要射她？」她喊著。**「為什麼？」**

沒有人回答。

「誰快做些什麼呀！」她懇求。

達蒂把耳朵貼在這隻動物的嘴巴上。「我聽不見她的呼吸。我很抱歉，愛爾西。我知道你愛她，還有她愛你，可是故事到盡頭了。」

「不不不！」愛爾西大喊。

轟！

海洋雷聲迴盪。頭頂有黑雲盤旋，暴風雨要來了。

「航進暴風雨裡！」愛爾西下令。

上將看起來非常驚恐。「不，那樣我們都完了。」

「那是我們唯一能救她的辦法。」

「航進暴風雨中救她？」上將質問。

「我們是用閃電讓她的心臟再次跳動，也許我們能再做一次。」

達蒂衝到愛爾西身邊，她正試著止血。

「讓我來接手！」她說。

女士把她拖把的尾端推進傷口裡，流血的速度減慢了。

「我們可以把你們拖進暴風雨中！」阿格諾特號的船長提議。

「不行，」上將回答。「那樣太危險了。你們年輕的水手們還有大好時光等著你們呢。」

他轉向年金老兵們。

「兄弟們，你們都加入嗎？」

「是的，閣下！」他們回答。

「祝好運！」船長說，他和上將對彼此致意。「我們會傳達你們的英勇事蹟，讓維多利亞女王知道。」

船長帶領他的人再度登上阿格諾特號。上將則發號施令，「航向暴風雨！」男人們開始動作，很快的，勝利號就飛速航向前方的黑暗中。

「愛爾西？」達蒂說。「你知道自己在做什麼嗎？我們沒有氣球，或是金屬線或任何東西唷。」

「我知道。」女孩哽咽了，拚命克制淚流滿面的自己。「可是一定有什麼辦法的。」

她的視線在勝利號的甲板上搜尋，她看見船首有什麼東西。

「看見那條金屬鍊了嗎，小不點？」

「是的！」老兵回答。「那是用來下錨

的。」

「把錨放在毛毛的心臟邊，然後把鍊條尾端傳給我。」

「好——的！」

小不點快速走到船首，在他年金夥伴們的協助下，把錨和鍊條拉到長毛象躺的地方。

愛爾西拉著鏈條尾端，把鏈條繞在腰上。然後她像海盜一樣把彎刀咬在嘴裡，接著開始用她的猴子腳爬上繩梯。

「你是要去哪？」達蒂問。

「當然是瞭望台呀。」愛爾西回答，因爲咬著彎刀，她講的話讓人很難理解。

船就在憤怒的海浪間跌跌撞撞……

嘩！轟！隆！

……愛爾西往上、往上，再往上爬。一爬到最頂端，她就攀進瞭望台，直直看著前方的暴風雨。

「來吧！」她對天空低聲說。「讓我看看你有什麼本事。」

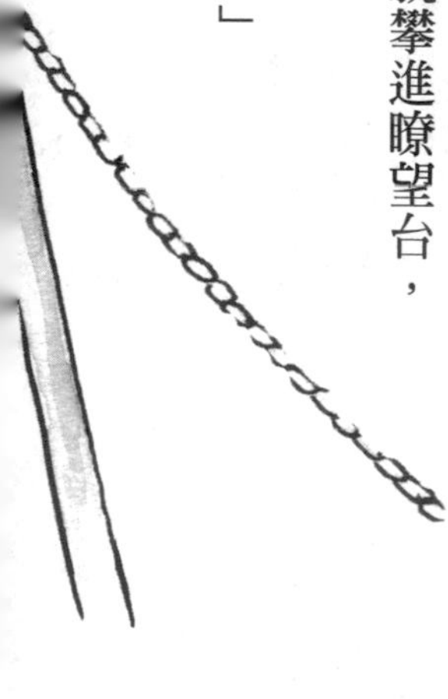

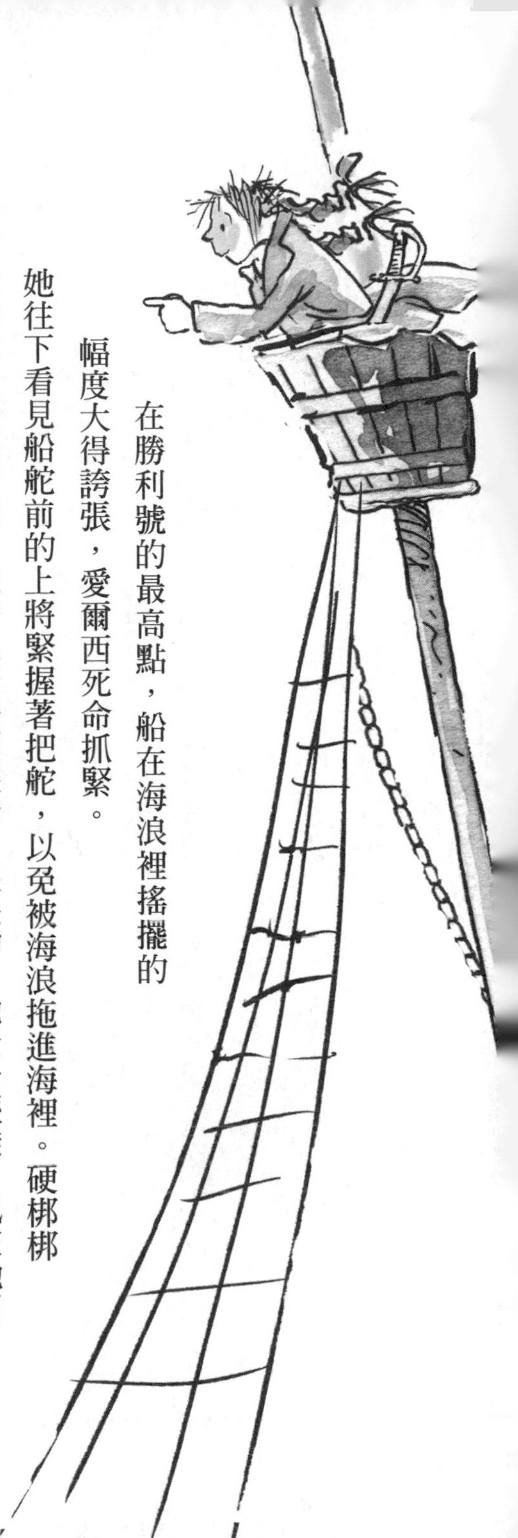

在勝利號的最高點，船在海浪裡搖擺的幅度大得誇張，愛爾西死命抓緊。

她往下看見船舵前的上將緊握著把舵，以免被海浪拖進海裡。硬梆梆的雨滴飛進女孩眼睛裡，她掙扎著睜開眼睛。很快的，她全身溼透。風在她周圍呼嘯，雲朵削過她的頭髮。

「直直往前，上將！」她下令。

「好，好，愛爾西船長！」他喊了回去。

隆！

雷聲隆隆敲響黑暗的天空。

「來吧，閃電！」女孩低聲說。「我知道你就在那裡的某個地方。」

彷彿接收到指示般，一道閃電照亮了天空。

喀嘶！

「你確定你知道自己在做什麼嗎？」達蒂往上方喊著。

「不知道。這簡直瘋了！」

「好的瘋還是壞的瘋？」

「好的，我希望！」

愛爾西把彎刀高高舉向天空。

「愛爾西，可是閃電會殺了你！」達蒂大喊。

「如果它殺了我，你答應我會幫我照顧毛毛，保證她會抵達**北極**？拜託？」

「別這樣！」

「爲什麼？」

「愛爾西，我愛你。你就像是我祖母。」

「達蒂，我想你是要說孫女吧，而且我也愛你，可是我得救我的朋友。跟我保證你會照顧她。」

「我保證！」

一道閃電擊中主帆，釀成烈焰。

轟！

「船上著火了！」上將大喊著，他的手下們著急地撲滅火勢。

「還差得遠！」愛爾西小聲的說。她盡可能的用力把手臂舉高，閉上了眼睛。

「來吧！」她大喊。

一道閃電打中彎刀的尖端。

「啊～～～～！」

愛爾西尖叫著，電流穿過她的身體。

66 水墳墓

這道閃電通過女孩的身體，沿著金屬鍊條往下衝去。錨被推到這隻沒有生命的生物的胸膛上，現在一波電流傳送到了毛毛的心臟。

隆！

愛爾西在船的最高點癱軟了身體，長毛象的腿抽蓄了一下。

一隻眼睛睜開了。

接著是另一隻眼睛。

「她活了！」達蒂大喊。「你聽見我的話了嗎，愛爾西？愛爾西？」

雷聲和閃電在他們周遭肆虐，達蒂和小不點抬頭看著瞭望台。

「不不不！」看見女孩的身體無力地倒下，達蒂尖叫。

「你照顧毛毛！」小不點爬上繩梯時喊著。

現在船激烈地左右搖晃，他爬得愈高，就愈感覺自己就要被拋進水墳墓裡了。

最後他總算爬到瞭望台，愛爾西一動也不動地躺著。

「愛爾西？愛爾西？」他喊著，可是根本沒有反應。小不點把愛爾西圈在臂彎裡，再把她放在肩膀上，然後，他驚險地爬下繩梯，把她放到甲板上。

愛爾西的臉都黑了，而且，雖然下著雨，她的頭髮和衣服都在冒煙。那道給了長毛象生命的閃電，似乎帶走了女孩的生命。

看見她的朋友像這樣癱著，毛毛趕緊跑向她。一開始，長毛象試著用腳把她的朋友搖醒。

『呼嗚！』

愛爾西只是左右晃。

接著，她用舌頭舔了女孩的臉。

『呼嗚！』

結果只是在她的臉上擦拭出了一道白色的紋路。

達蒂開始放聲大哭，她抱起愛爾西的身體。「不！不！拜託！」

小不點手臂環抱著她。「我想她已經離開我們了。」

67 行禮

年金老兵們站在這具身體旁，低頭鞠躬，把帽子握在他們胸前。

在勝利號的甲板上，一切都安靜下來。

可是長毛象不願意放棄她的朋友。

「呼嗚！」

讓所有人驚訝的是：毛毛把象鼻放到女孩的鼻子和嘴巴邊，朝她吹著氣。

「這隻野獸在做什麼？」上將說，他正試著繼續掌舵，讓勝利號穿過暴風雨。

「我想她是在試著做心肺浮蘇……心肺腑速……心肺覆束……在吹空氣到愛爾西的身體裡啦！」達蒂回答。

「她的胸膛在上下動耶！」小不點驚呼。

「感謝上天憐憫！」達蒂高喊。「她還活著！」

愛爾西的眼睛張開了。毛毛又大又溼又毛茸茸的眼睛回看她。一開始，愛爾西不知道自己身在何處，甚至不曉得自己是誰。

「究竟怎麼……？」

可是，當她一察覺是誰正俯身彎向她，就雙手抱住象鼻親吻了。

「噢，謝謝你，謝謝你，謝謝你，毛毛！我愛你！」

長毛象用象鼻環抱著女孩，把女孩拉近抱抱。

「萬歲！」老兵們喊著。

「這一切實在是太棒太好了，紳士們，還有，嗯，女士，還有，女孩，還有……當然啦，長毛象，還有這些那些的全部，」上將說：「可是可以容我有禮貌地提醒你們，我們還航行在暴風雨的中心嗎？我們得用上最後每一個男人、最後每一個人，還有史前時代動物，才能打贏這一關！馬上動作！」

第三部

北極

68 遍體鱗傷

遍體鱗傷的勝利號，終於駛進比較平靜的水域。

冰凍的風吹過船隻，他們愈來愈靠近北極，瞭望台傳來一聲大喊。

「**冰山**，啊喝！」

愛爾西對長毛象的耳朵輕聲說話。「我們愈來愈靠近了唷，毛毛。」

長毛象點著頭，喊著：「呼嗚！」

「非常接近。」

上將專業的引導勝利號戰艦穿越迷宮般的冰層。

「**前方是陸地，啊喝！**」上方又傳來一聲呼喊。

「呼嗚！」毛毛發出叫聲。不知怎麼的，她知道自己就要回家了。

船停在冰的邊緣，使一群海象紛紛跳進水裡。

撲通！撲通！撲通！

在海上待了好幾個禮拜以後，長毛象非常渴望踏在堅實的冰上。她興奮得左右搖擺。

「不會讓你等太久了，毛毛！」愛爾西說。

當船隻停穩了，愛爾西就帶著她的朋友走下跳板，走到冰上。長毛象立刻開始翻滾，在雪上摩擦著身子。愛爾西覺得看起來真好玩，所以也加入翻滾的行列。她甚至還做了一顆雪球，把雪球丟到毛毛身上。

啪！

長毛象也用她的象鼻吸起一些雪，把雪噴到女孩身上。

噗！

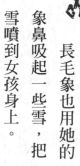

達蒂和小不點從勝利號的甲板上看著這一幕，就像一對驕傲的祖父母。

當愛爾西和毛毛都開始覺得累了，女孩決定：該是說再見的時候了，她給了她的朋友一個最大最大的擁抱。

「我會很想你。」她對著長毛象的耳朵輕聲說。

毛毛搖搖頭。

這隻動物是什麼意思？

她伸出象鼻，牽起女孩的手，開始拖著她向前走。

「毛毛要我跟她一起走，」愛爾西對船上的人喊著。「可是要去哪裡呢？」

69 某種機器

「我們也要去！」達蒂大喊，拖著小不點的手往前。

「我們需要去嗎？我快冷冷冷……死死啦！」他哀嚎著。

「來嘛！」

女士把她的愛人拖下船，走到冰上。

「在那裡等我們，拜託！」達蒂轉身朝上將喊著。

「我們本來要直接回倫敦的，」上將諷刺地回答：「可是，既然你開口了，我們就等你們吧。」

「感謝您的好心！」女士說。

毛毛帶著她的三個朋友橫越冰層，很快他們就看不見勝利號了。

「我們得記住我們是從哪個方向來的。」小不點說。

「對呀。在那堆雪旁邊左轉。」達蒂的回答幫不上忙。

在冰層底下，有什麼東西在運轉的聲音。

嘟隆！

毛毛停下了腳步。

「呼嗚！」她輕柔地喊著，顯然完全被吸引住了。

「那是什麼？」愛爾西說。

「什麼是什麼？」達蒂問。

「那個聲音。」女孩回答。她把耳朵往下貼在冰上。

「說不定是殺人鯨。」小不點提議。

毛毛搖搖頭。

「不對，」女孩回答。「這是某種機器。」

他們四個全部安靜站著不動。

突然，震耳欲聾的聲音出現了，像是某個打磨機器切過冰層的聲音。

噠噠噠噠噠！

前方有個金屬的鼻子衝出了冰層。

碰！

「呼嗚嗚嗚！」毛毛尖叫。

「那是什麼？」愛爾西倒抽了一口氣。

「是一台潛水艇。」小不點回答。

「它在這裡做什麼？」愛爾西問。

「這要叫誰來打掃這些碎冰啊？」達蒂說。

原本在水底的機器跟著浮到水面，在海面上冒了一會兒泡泡。

「我們要逃嗎？」愛爾西建議。

「不。我們要堅守陣地。」小不點回答。

「我的英雄。」達蒂說。

潛水艇上一個活板門打開了，一頂木髓頭盔浮現，接著是一張扭曲的臉，一張看起來在爆炸中遭燒傷的臉。

「喂喂喂，在這裡見到你們還真好呀，」這位女士咆哮著。

是大鉛彈女士，她正咬著一根雪茄，手上揮舞著一把獵槍。

「呼嗚！」毛毛叫著。

「是呀，還真巧啊！」達蒂回答。

「也許我們剛剛應該逃走才對。」小不點說。

「以爲你們可以殺了我，對吧？」大競賽的獵人喊著，她正從她的潛水艇走到冰上。「以爲你們倫敦塔橋的特技很聰明，是吧？」

「嗯，」達蒂想著。「也許在這裡講這個不太對，不過是的，事實上，我的確這樣覺得。」

「給我安靜！」

「是你先問問題的耶！」

「那只是反問句！」

「那是什麼？」

「你不曉得什麼叫做反問句？」

「不曉得。」

「安靜啦！那也是反問句！」

「我們現在的對話在兜圈子耶！」

「沒錯，我會先斃了你！」

愛爾西站在達蒂前面。

「你休想！」女孩說。

小不點站在愛爾西前面。
「你別想！」他說。
然後毛毛用象鼻把他們都掃到一旁。
「呼嗚嗚！」她對獵人叫著。
「如果大家都沒有意見，我要留在後面這裡哨！」達蒂宣布。
「噢，我的老天！」大鉛彈震怒，她吐掉雪茄，用獵槍輪流指著他們每一個人。「那我就把你們全轟了！」

70 小心你後面！

大鉛彈爲獵槍上膛。

喀噠！

「你們這些笨蛋不懂你們的頭在我牆上會有多好看嗎？」她喊著。

「我很喜歡自己的頭接在我身體上欸，」愛爾西喊了回去。「毛毛也是！」

「呼嗚！」長毛象點頭表示同意。

「毛毛？」大鉛彈語帶嘲弄地說道。「這隻怪獸有名字！」

「她不是怪獸，她是長卯象！」達蒂說。

「什麼？」大鉛彈問。

「是長卯象！你聾了嗎？」

「說來話長。」愛爾西說。

「很好。反正我也沒有那個時間。準備受死吧……」

小不點的手高舉在空中。「女士，抱歉？」

「又怎麼了？」

「你後面有隻北極熊。」他說謊。

「不，才沒有。」達蒂說。

「閉嘴！」他對她發出了噓聲。

「對呀，眞的有！」愛爾西也繼續編這個謊話。「很大一隻。」

「我才不會相信你們這個老把戲！」大鉛彈大發雷霆。

『呼嗚！』毛毛發出叫聲，用她的象鼻指著這隻想像的熊所在的位置。

「噢，我懂了，」達蒂說。「有一隻眞的很大的棕熊……」

「白熊！」小不點又噓她。

「……是白熊，小心你後面！」

「掛在你牆上看起來會很棒。」愛爾西補充。在她身後，她感覺得到長毛象正繃緊身體。

「你在做什麼，毛毛？」愛爾西輕聲說。

長毛象全神貫注地閉上了眼睛。

最後，總算來囉。

屁股打嗝。

嗝嗝嗝嗝嗝嗝嗝嗝嗝嗝嗝！

這個屁股打嗝的聲音聽起來就跟熊的咆哮一模一樣。

這個聲音讓大鉛彈轉身回頭看。

這一行四個夥伴因此擁有足夠的時間衝向她，小不點像橄欖球員那樣擒抱她，她跌在冰上。

碰咚！

「啊！」

達蒂坐在她身上，這下她被困住了。

「快從我身上下來，你這個村婦！」

接下來，愛爾西搶走了她的獵槍，把槍用力丟到最遠，結果槍掉在深雪裡。

「把那個還我！」

最後，毛毛連滾帶爬地向前，用象鼻抓住這位女士的腳踝。

「你在做什麼，你這個野獸？」

猜猜接下來怎麼了，愛爾西幫忙達蒂從大鉛彈身上下來。

然後毛毛把殺象未遂的兇手吊在空中左右擺動。

「救命啊！」她喊著。

「想都別想！」達蒂說。

長毛象高舉獵人到天際，開始轉圈圈。

大鉛彈吶喊著。

轉圈的速度愈來愈快。

很快的，大鉛彈的影子變得模糊。

「啊啊啊啊

啊啊啊啊啊啊啊啊啊啊！！！！」

啊啊啊啊啊啊
啊！！！！！」

「現在放掉！」愛爾西說。

長毛象按照愛爾西的話做了。

「不不不不不不不！」大鉛彈像一枝迴旋鏢旋轉著飛過天空時喊著。

可是不像迴旋鏢，她沒辦法回來了。

大鉛彈飛越了北極，然後才咚的一聲降落在遠在他們視線所及以外的地方！

「謝謝你，長卯象，」達蒂說。「那個女人已經快要讓我抓狂了。」

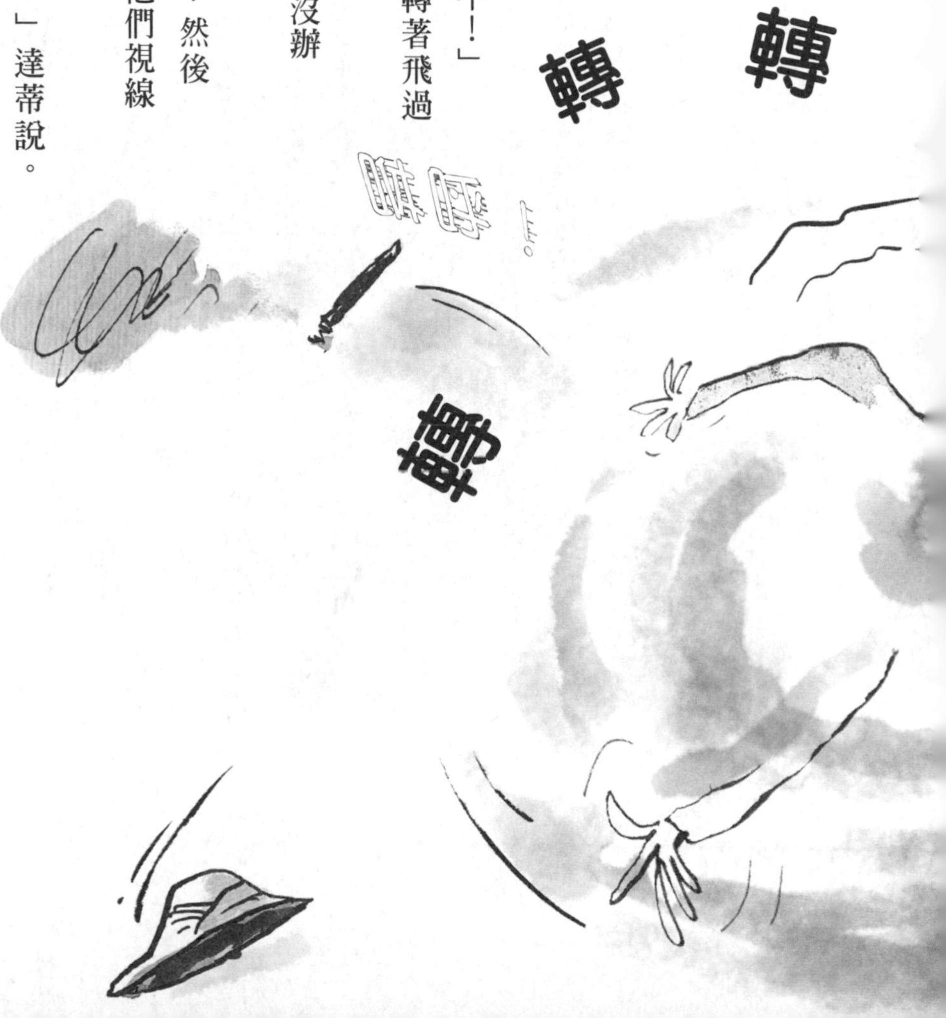

71 窒息

毛毛帶著這三個人類又穿越冰原走了許多英哩。北方。北方。北方。當夜幕低垂，整片天空都燃起了紅色、綠色和紫色。

「哇！這太美了！」愛爾西停下來，靜止不動，滿心驚奇地抬頭看。

「它們被稱爲極光，」小不點回答。「只有旅行到很遠的北方，才能看到它們。」

「嗯，我去約克郡拜訪我的茉德阿姨就沒看過呀。」達蒂說。

小不點搖搖頭。「我是說眞的眞的很遠的北方耶。」

「在我的印象中，約克郡眞的很北方了呀。我得花好幾個鐘頭搭火車耶。現在長卯象要帶我們去哪裡呀？」

「北方！」愛爾西回答。「北方，北方，北方！」

「會有商店嗎？」達蒂問。

「不會吧。」小不點說。

「我不需要什麼時髦的東西耶，只要一杯茶、幾個三明治或蛋糕就好。」

「沒有，只有更多冰。」

「太可惜了！」達蒂說。「我已經餓扁了耶。」

他們爬到一座高高的雪堆頂端，往下看著一座村莊。

「還要走多久啊？」達蒂呻吟著。

「呼嗚嗚！」毛毛叫著。她用象鼻指著前方，然後才加速跑向雪堆。

「我有預感，我們就快到囉！」女孩追趕著她的朋友時回答。

「呼嗚嗚！」

「呼嗚嗚！」愛爾西也加入。

「快到哪裡了？」達蒂問。

「我不曉得。」小不點回答。他拉起她的手，帶著她走下雪堆。

在前方，愛爾西可以看見有什麼東西從雪地裡凸了出來。仔細一看，她發現那是一面旗子。一面英國國旗。國旗旁邊是一排釘木樁，標明了冰上一個很大的四方形。看起來幾乎像是一座墳墓。

「這一定是他們找到毛毛的地方！」愛爾西驚呼。

「呼嗚嗚！」長毛象喊道，一面用她的腳挖起雪。

「爲什麼長卯象要一路帶我們到這裡來？」達蒂咕噥著。

「一定有原因。達蒂，相信我。」女孩回答。

彷彿接收到信號，天空中散射的彩色光芒降落在地面

上。風擊打著雪，很快的，雪就包圍著他們，不停地旋轉。他們四個就置身在冰雪風暴漩渦的中心。愛爾西、達蒂和小不點很快就沒辦法睜開眼睛，也很難呼吸。他們只能害怕地緊緊挨在長毛象身邊。

「這是盡頭了，達蒂！」冰雪落進他嘴裡時，小不點結結巴巴地說。「我得告訴你我……」

「告訴我什麼？」女士問。

「如果你可以讓我說完的話！」

「毛毛不會帶我們到這麼遠的地方來送死！」愛爾西大喊。「一定有合理的原因。」

長毛象用象鼻圍住女孩。

「呼嗚！」她叫著。

「抱緊我，」愛爾西說。「拜託。」

這感覺很像故事的結局了。

暴風雪繼續挺進。冰風暴要讓他們窒息了。他們已經看不見，沒辦法感覺，也聽不見聲音。

愛爾西好不容易勉強睜開眼睛一會兒。

巨大的身形從暴風雪中現身。

「看！」愛爾西喊著。

他們並不孤單。

72 完美的圈圈

暴風雪中出現的身影，就跟船艦一樣高聳寬闊。

達蒂和小不點艱難地張開眼睛，迎接他們的是最爲神奇的景象。

一群長毛象。

「我可不想清理這麼多的……」達蒂自言自語著。

「這是眞的嗎？」小不點問。

「我不知道，」愛爾西

回答。「可是眞的好美！」

「呼嗚！」毛毛喊著。

彷彿施了魔法，暴風雪從他們四個緊緊挨在一起的向外移動。他們發現自己站在一個完美的圈圈裡，裡面寧靜無聲，漫天飛舞的雪就像一座牆，圍繞著他們。

慢慢的，毛毛從人類的身邊靠近象群。

其中一隻長毛象往前站，伸出牠的象鼻。毛毛也做了同樣的動作，兩隻長毛象的象鼻纏繞在一起，畫面相親相愛。

其他的長毛象都舉起象鼻，發出呼嗚的合聲。

呼嗚！　呼嗚！　呼嗚！

呼嗚！　呼嗚！　呼嗚！

呼嗚！　呼嗚！

呼嗚！　呼嗚！

呼嗚！　呼嗚！

呼嗚！　呼嗚！

呼嗚！　呼嗚！

愛爾西的眼淚從臉龐滑落。是快樂的眼淚，也是悲傷的眼淚。快樂是因爲她知道她的朋友終於回到家了，悲傷是因爲她知道該是時候分別了。

毛毛轉過身來，用她的象鼻招愛爾西過來。

「呼嗚！」

女孩深呼吸一口氣，踏步穿越厚重的雪地。毛毛的象鼻繞住她的朋友，再把她推向面前比她們大得多的長毛象。愛爾西一開始很害怕，可是巨大的長毛象用象鼻憐愛地裹住女孩。她們三個彼此擁抱，女孩立刻就知道這是誰了。

「毛毛，終於見到你媽媽實在是太棒了，」愛爾西啜泣說著，硬是把眼淚往回吞。

兩隻動物點點頭，發出溫柔的氣息聲。

「呼嗚！」她們背後最大隻的動物發出了聲音。該走了，象群轉身離開。長毛象媽媽溫柔的把她的孩子推向女孩。時間只夠最後一個擁抱。愛爾西把她的頭埋在她朋友的毛髮裡，用手臂環抱她。毛毛用她粗糙的舌頭舔了女孩的臉。那是一個甜蜜的黏答答的口水親親。

愛爾西對長毛象的耳朵輕聲地說：「我愛你，毛毛。我永遠不會忘記你，

你也永遠不會忘記我，對吧？」

「呼嗚！」毛毛發出了嘆息。

「呼嗚！」愛爾西回答。

女孩伸出她的手輕撫毛毛的毛髮，這隻動物就要離開了，這是她們最後一次碰觸彼此。愛爾西看著象群一隻接一隻沒入雪牆裡。毛毛又回頭看了最後一眼，她揮舞象鼻，然後就消失了。

眼淚再度從愛爾西的臉頰滑落，達蒂和小不點的手臂緊緊環抱著女孩。暴風雪消逝得就跟它開始時一樣，眨眼間就結束了，把這三個人獨自留在北極的荒原上。

第四部

家

73 散布到全世界的頭條新聞

如果回到倫敦的旅程很讓人難過，往泰晤士河上游航行的旅程更是如此。整個倫敦都在觀看皇家海軍勝利號戰艦，所有的英國海軍艦隊都沿河爲他們開道。長毛象歷險的消息早就成爲全世界的頭條新聞。

孤兒女孩
長毛象
起死
生！
怪獸
在逃！
這幫人
英勇的
逃離倫敦
倫敦紀事報
皇家海軍勝利號
被偷了！
倫敦晚報
切爾西年金老兵們
從皇家醫院
逃跑了！

警方
失手
抓不到
冰原怪獸
百歲戰艦
打敗整個
英國海軍！
倫敦紀事報
祕密計畫
帶怪獸
返回北極！
倫敦晚報
失蹤許久的教授
從泰晤士河被
打撈上岸！
邪惡
教授
入獄
泰晤士報
尋獲警衛
被鎖在清潔櫃裡
一個月的時間：
「我靠吃拖把才得以生
還，」敲敲先生說。
「事實上，我慢慢愛上
那個味道了。
現在我吃到停不下
來。」

人們在河岸列隊，揮手歡呼，這讓愛爾西的心情提振了一點點。在漫長的旅程中，女孩非常想念她的朋友。她已經習慣了長毛象的氣味、聲音與碰觸。她渴望長毛象的象鼻能再度環抱自己，現在彷彿一部分的她不見了。

他們離開倫敦已經過了一個多月。泰晤士河上的冰融化了，勝利號戰艦很快地駛向倫敦市中心。

雖然他們看見群眾面露喜悅，但當船駛進碼頭時，全船的成員卻都很緊張。一群警察，當然是由巴克局長帶頭，在河岸等著他們。

「警察先生們，別擔心，我們只是……嗯……借用一下勝利號而已。帶她去快速繞了一圈。」上將大聲說道。

巴克臉色一沉，嘴唇顫抖，憤怒到幾乎無法掩飾，小小的八字鬍抽蓄著。

「我們接獲的命令，是要直接把你們帶到白金漢宮，」他宣布。「女王陛下要跟你們談話！」

年金退休老兵們個個倒抽了一口氣。這句話光是聽起來，就讓他們知道自己有

很大、
很大的
麻煩了。

74 一排四輪馬車

一整排由馬匹負責拉的四輪馬車疾馳過倫敦，前往白金漢宮。愛爾西坐在第一輛馬車裡，就在達蒂和小不點之間。兩個大人看起來都緊張得不得了。

達蒂抽出一條手帕，吐口水在上面。「愛爾西，我只是需要稍微幫你打理一下。」說完，就很用力地擦了擦女孩的臉。

「別碰我啦！」愛爾西大吼。

「你要見女王耶！你上次洗澡是什麼時候的事？」

「洗什麼？」

「果然跟我想的一樣！」

馬車隊伍穿過高聳的鐵門，進入白金漢宮的土地。愛爾西、達蒂和小不點全都把臉貼著窗戶，想看清楚一點。

「哇！」女孩驚呼。

「眞是宏偉。」小不點說。

「這裡很適合皇室成員欸。」達蒂說。

「這裡就是爲皇室成員設計的地方呀！」小不點說。「皇室的人住在這裡。」

「他們一定是來自一個很有錢的家庭。」女士說出她的觀察。

馬車停在皇宮的入口外。一位車伕打開了馬車門，他們三個下了車，踏在紅地毯上。所有老兵都戴上他們的三角帽和白手套，然後撫平絲絨外套上的皺褶。他們排成整齊的一列，行軍進入白金漢宮。

看著眼前富麗堂皇的一切，愛爾

西感到目眩神迷。即便是在她最狂野的夢裡，也不可能相信有人住在這樣的地方。每個空間裡都是黃金、大理石和絲絨。走廊上油畫、雕塑和裝飾品一字排開。她很想停下來好好欣賞每一件作品，可是沒有時間，女王陛下正等著呢。

「需要好好撢一下灰塵了，」達蒂說。「我已經發現三張蜘蛛網了。」

「噓！」小不點噓了她。

最後，女王的侍者阿卜杜勒打開了兩扇木門。

「女王陛下在等你們。」他宣布。

在房間遠遠的另一端，有一位個子很小、年紀很大的女士，她獨自坐在椅子上，膝上蓋著一條毯子。她的皮膚像雪一樣白，穿著黑色洋裝，白頭髮梳成一個整齊的髮髻，盤在頭頂。

是維多利亞女王。她沒有露出笑容，只是直盯著愛爾西的眼睛。

「所以，你一定就是偷走我的長毛象的野孩子了？」

75 女王當聽眾

生平第一次，愛爾西害羞到沒辦法講話，所以她只是點點頭。

「偷長卯象的不是只有她！」達蒂說。「還有我。」

「別忘了你的禮節，」上將發出噓聲說。「應該要說『是我和大家一起偷到的，夫人』。『夫人』不是『婦人』唷。跟『臉盆』或是『花盆』押韻。」

「是我和大家一起偷到的，花盆。」達蒂說。

小不點絕望地搖搖頭。

「還有，你哪有權利闖進我的自然歷史博物館，讓一隻早就絕種的史前動物起死回生，再放牠自由？」

愛爾西低下頭看著自己的腳。

「回答呀？」女王逼問。

「我不曉得，夫人。」她回答。

「嗯，你肯定是有什麼想法！」

女孩望著達蒂和小不點，他們都點點頭鼓勵她。

「這個嘛，我……嗯……我覺得……」

「說吧，孩子。」

「嗯……我……欸……我看著毛毛……」

「不好意思，誰是毛毛？」

「噢，那是我幫長毛象取的名字，夫人。」

維多利亞女王做了一個手勢示意女孩繼續講下去。「繼續說吧！」

「你想，女王陛下，每個人都叫長毛象怪獸，可是我把毛毛當作朋友。」

「朋友？」女王不可置信地問。

「是的，朋友，而且就跟我一樣，她沒有了爸爸媽媽，好像也迷失了方向，所以我想幫助她，幫她找到回家的路。」

女王聽著她的話，並且點點頭。「看看你，孩子，我想你是孤兒？」

「是的，夫人，」女孩回答。「我還是小寶寶的時候，就被丟在孤兒院的台階。我從來就不認識我的爸爸或媽媽。」
女王把身子彎向前。「你知道他們可能在哪裡嗎？」
「不，夫人。我不曉得他們是死是活。」
這像閃電般擊中了女王，她被情感征服了。女王閉著眼睛，就快要喘不過氣來。
「你還好嗎，女王陛下？」愛爾西問。小女孩打破了嚴格的皇家規範，上前握住老夫人的手。
維多利亞女王低頭看，這隻髒兮兮的小手握住她的手。這個簡單的善良舉動讓老夫人的眼睛裡湧起了淚水。
「這裡，用我的袖子吧。」愛爾西說，她舉起手臂讓夫人擦臉，這讓女王笑了。
「你啊，孩子，是一位非常特別的小小姐。」維多利亞女王說。
小女孩大吃一驚，以前從來沒有人這樣告訴過她。
維多利亞女王張開雙臂，把愛爾西擁入懷中。有那麼一會兒的時間，這兩個人，儘管年紀、階級與財富都相隔十萬八千里遠，緊緊地擁抱著彼此。

感覺就像全世界都停了下來。

「謝謝你，孩子，」維多利亞女王說。「我很需要。」

「我們兩個都需要。」

「好久好久沒有人給這個老女士一個很棒的抱抱了。身爲女王，沒人會給你擁抱。」

「隨時樂意，女王陛下。」

她們倆放開了彼此。

「嗯……」女王開口說。「全世界都在報紙上跟隨這個故事，包括我在內。對於這個獨特的冒險背後有些什麼故事，我知道得不多。一個孤兒女孩和一隻無辜的、只是想要找到回家的路的生物之間……深厚又特別的友誼。」

愛爾西點點頭。「是的，女王陛下。」

「這個故事讓我好感動。你勇敢得不可思議，所以我宣布給予獎賞。孟什！」

「是的，陛下？」阿卜杜勒回答。

「請好心把我那箱勳章拿過來……」

76 最勇敢的

切爾西年金退休老兵們全部驕傲地立正站好。「現在，我這裡有東西要給你們每一個人，」女王說，一面打開一個閃閃發亮的木盒。「給我勇敢的士兵們。」

「還有水手！」上將補充。

「噢，還有水手。我向您道歉，上校。」

「是上將！」老人鄭重地糾正。

「這個嘛，我要我的指揮官了解你們每一個人的背景，據說你在升到上校後，就沒有繼續升職了。」

老兵們全都瞪著他看。

「嗯，我……欸……」男人變得結結巴巴。「我想一定是有什麼誤會，女王陛下。」

「是嗎？」旅長問。「我才是被弄糊塗的人，不是你吧！」

「是的。我想是因爲我被迫離開老水手之家，抵達皇家醫院時，所有老兵們就開始叫我『上將』了。天知道爲什麼！」

一旁出現了耳語……

「你要我們這樣叫你的！」

「大騙子。」

「我要把你那條腿丟到太陽再也照不到的地方！」

「鯊魚應該要把你一口吞進肚裡才對！」

「這間酒館有供餐嗎？」

「他們眞的有嗎？」女王不

相信。「嗯，上校，上前來領你的獎章吧。」

男人緊張地、一跛一跛地走到女王面前。

踱！踱！踱！

他行了禮，維多利亞女王把獎章別到他的胸前。「身爲英國軍隊首領，我現在宣布你升任上將軍階，只是退休了。」

新被任命的上將轉過身，開心地看著其他人。

「謝謝你，陛下。」

「現在趕快在我改變心意前，回到你的位置去。」

「是的，當然，陛下。」他

回答，用最快的速度一跛一跛地趕緊離開。

踱！踱！踱！踱！踱！踱！

一個接一個，她把所有老兵們叫上前，在他們胸前別上獎章。最後總算輪到小不點了——這個士兵只有一個寂寞的勳章——每個士兵都有因為服役而得到那個勳章。

「嗯，二等兵湯瑪斯，」女王說。「我聽說你在軍中表現沒有特別突出，雖然你已經在我的軍隊服役超過五十年了，卻只升到二等兵。不知為何，儘管你曾經置身歷史上某些最偉大的戰役，卻連一槍都沒有開過。」

「我不喜歡很大的聲響，陛下。」

「這些年來，二等兵湯瑪斯，大家一直因為你的身高取笑你，可是這趟無以倫比的冒險說明了你是平凡人當中的巨人。你知道這是什麼嗎？」她問，手上晃著一個十字型的勳章。

小不點的眼睛為之一亮。「當然知道，夫人。這是士兵可以贏得的最高榮譽。維多利亞十字勳章。」

「我很少頒發這種勳章，只有最勇敢的士兵才能得到。維多利亞十字屬於你了，二等兵小不點，今後你就是二等兵高大湯瑪斯了。」

女王彎下身體把維多利亞十字勳章別在他胸前，小不點看著勳章，眼裡湧起淚水。

「謝謝你，陛下。」

他轉身面對他的同袍時，他們大聲地喊道：「萬歲！」

「如果有任何疑問，這只是證明了：英雄可以是任何樣貌、任何身材。」女王說。

二等兵湯瑪斯驕傲地露出了微笑。接著，女王把注意力轉向愛爾西和達蒂。「當然啦，英雄主義不是專屬於男性的。看看在我統治之下，幾位最偉大的英雄，當中有許多是女性。佛蘿倫絲．南丁格爾[9]、伊莉莎白．嘉瑞特．安

9　現代護士制度的創立者，眾人稱她為「提燈女士」，照顧許多受傷的士兵。

德森[10]，或者米利琴特．費塞特[11]只是其中幾位而已。所以我也想頒發獎章給你們兩位。達蒂？」

女士一動也不動。

「達蒂！」

「我嗎？」達蒂問。

「是的，你的名字叫達蒂，對吧？」

「是的。」

「好的，那請你靠近我，拜託。」

「現在嗎？」

「是的，現在。」

女士每走一步都行屈膝禮。

「動作快一點！」女王下令。

「我道歉，花盆。」

維多利亞女王翻了一個白眼，然後把獎章別在達蒂胸前。

「讓我幫忙，女王陛下。」她說。因爲緊張而手腳不靈活，結果她被別針戳到了。

「噢唔！」

「你還好嗎？」女王問。

「是，我很好，哎唷！」

「你確定嗎？」

「我只是刺到自己而已，不過我沒事，真的，我很好。噢啊啊！」

然後達蒂又轉身回來，每走一步又行一個屈膝禮。

「現在，最後，但絕對不是最不重要的，愛爾西！」女王說。

女孩恭敬地行了一個屈膝禮，再度靠近老夫人。

「愛爾西，你是所有人當中最勇敢的。住在倫敦街頭已經夠勇敢了，你竟

---

10 第一位獲得行醫執照的女性。

11 她領導婦女參政運動，倡導女性應擁有投票權。

然還是這趟不凡歷險背後的驅動力。你成就了這一切，不是爲了自己，不是爲了個人私利，而是爲了幫助，用你的話來說……『一個朋友』。愛爾西，你展現了絕佳的勇氣。」

維多利亞女王把手伸進盒子裡拿最後一個獎章。

這時候，女孩開口了。

「很抱歉，我不想顯得無禮，可是夫人，我並不想要獎章。」

房間裡頓時迴盪著倒抽一口氣的聲音。

77 永遠不忘

「你不想要獎章？」女王結結巴巴地說，「每個人……可是每個人……都喜歡獎章。」

「我只希望你能幫助像我這樣的孤兒。」愛爾西回答。

女王思考了一會兒。「嗯，在發生了所有這些事情以後，我不太可能再把你丟回倫敦街上，不是嗎？」

老夫人臉上出現一抹微笑。「好吧，小愛爾西，你爲什麼不到白金漢宮這裡來跟我一起住呢？你可以伴我度過老年的歲月。」

「這個主意太棒了，陛下！」阿卜杜勒說。

所有視線都轉向女孩。

「我有二十五個朋友。」她回答。

「二十五個？」女王結結巴巴地說。

「是的，他們都來自跟我一樣的孤兒院。我逃走時，答應他們永遠不會忘記他們。我沒有忘。」

「這間孤兒院叫什麼名字呢？」

「蟲蟲之家。沒人要的小孩的家。」

「聽起來太可怕了！」

「是很可怕。」

「所以你才逃走的嗎，愛爾西？」

「我必須逃啊，陛下。經營那個地方的女士常常把我打得青一塊紫一塊。我得逃出來，不然她一定會殺了我。」

女王深呼吸一口氣。她幾乎不敢相信自己聽到的事，可是她知道這個女孩非常眞誠。

「這位『女士』叫什麼名字呢？如果你眞的可以這樣稱呼這種人的話？」

「冰蝌蚪太太，陛下。」

「嗯，孟什？」

「是的，陛下？」阿卜杜勒回答。

「把這位冰蝌蚪太太關進倫敦塔。」

「我非常樂意，夫人。」

大大的笑容在愛爾西臉上綻開，這個故事還真的有個快樂的結局。

「有時候當女王還眞好！」女王說。「還有呀，孟什？」

「是的，陛下？」

「派我的一列四輪馬車去接那些可憐的孤兒們，把他們帶到白金漢宮這裡來。」

「二十五個人全部嗎，夫人？」

女王倒抽一口氣。「是的，二十五個全帶來，我們空間很夠！」

「馬上辦，陛下。」說完這句話，阿卜杜勒就鞠躬離開了。

「當然啦，孩子，今晚將是個特別的夜晚……」女王說。

「是嗎？」愛爾西問。在海上經歷了許多星期以後，女孩已經過到不知道是什麼日子了。

「是的，我的孩子。是除夕夜啊！在午夜時分，我們就能迎向新世紀了，因爲年份就變成1900年了。也許你和你二十五個朋友會想加入我的午夜大餐，我們可以同時欣賞煙火？」

「是的，拜託，陛下。」

「太棒了。我會讓我手下的廚師們準備豐盛大餐的！」

「我等不及再見到他們所有人了，我要告訴他們這個不可思議的故事。」

「我很確定他們也很想你，小小姐。」

愛爾西露出了微笑，她回頭看看達蒂，然後才又再度對女王開口。

「女王陛下？」

「是的，愛爾西？」

「拜託，我朋友達蒂今晚也可以來參加派對嗎？她眞的很照顧我，事實上，她就像是我的祖母。新世紀來臨時，我想和她待在一起。」

女王深呼吸一口氣。「是的，好吧，達蒂，你也可以來，但是請你不要再叫我『花盆』了！」

「噢，謝謝你，臉盆！」女士回答。「啊！糟糕！」

二等兵湯瑪斯試圖要對上達蒂的目光，不過徒勞無功。那樣沒用時，他用手肘用力地頂了她一下。

「你想怎樣啦？我在跟女王陛下本人說話耶，所有人和所有一切的統治者！」

「嗯，你一生的摯愛不是也該來參加嗎？」

「那是誰呀？」

「我啦！」

「我來問，」達蒂回答。她舉起她的手。「維多利亞陛下？」

「是的？」女王不確定地回應。

「請問高大湯瑪斯也可以來參加派對嗎？」她感到驕傲地問。

「我不會占太多空間的，你幾乎不會曉得我在哪裡，陛下。」男人也開口說道。

維多利亞女王很大聲地嘆了一口氣。「好吧，我想我們永遠都有多一個人的空間。」她說。

「謝謝你，夫人！」他回答。

就在這個時候，上將也舉手了。

「是的？」女王問。

「夫人，如果我可以大膽地說話，我跟二等兵湯瑪斯已經是多年的親密好友了……」

「不，不是，從來都不是啊！」湯瑪斯糾正他。

「閉嘴！」上將發出嘶聲制止他。「如果我不能跟他分享這個意義非凡的夜晚，我會很想他的。」

年長的女王嘆了一口氣。「好吧！」

「我要帶自己的蘭姆酒過來嗎？」

「我們一定有一兩桶啦。」

「太棒了!可是其他人要喝什麼呢？」

「還有什麼人想來參加派對嗎？」她問。

所有老兵們都開始熱切地點頭，竊竊私語地表示參加意願。

「噢，是的。」

「是吃到飽還是坐著吃呀？」

「我不能留太晚欸，我眞的得在午夜前回到醫院才行。」

「是的，是的，是的，你們全部都可以來參加!」女工高喊。「現在，拜託，所有人趕快在我改變心意以前馬上離開!」

所有人用前所未有的速度迅速地離開這個房間。

78 沒有一天不想念

轟隆！

煙火在倫敦的天空中跳著舞。

這些幸運的人們在白金漢宮頂樓享有最棒的景觀。

年邁的女王舉辦了一個不得了的派對。有二十五個蟲蟲之家的孤兒、所有的切爾西年金退休老兵、阿卜杜勒、達蒂……還有……當然，眾人當中的貴賓——愛爾西。

另外，現場還準備了一個巨大的維多利亞海綿蛋糕。蛋糕大到你可以鑽進去，可是餓壞的孤兒們在幾秒鐘內就把蛋糕消滅了。

在火爐邊，二等兵湯瑪斯單膝跪地，向他的摯愛求婚。

「達蒂，你願意嫁給我嗎？」

「你在哪裡？」女士問。

「這裡呀！」

達蒂往下看，發現了他。「抱歉，你跪那麼低我沒看到。」

「達蒂，你願意嫁給我嗎？」

「噢，我忘了洗拖把了！」

「達蒂！」小個子現在有點火大了。「你願意嫁給我嗎？」

「你不必大吼啦，親愛的。我願意！」

這對戀人親吻彼此，周圍所有人全都鼓掌歡呼。

「萬歲！」

大笨鐘的十二聲響，意謂著午夜時分。
1899年結束了，1900年開始了。

所有人手臂交叉，維多利亞女王帶著大家吟唱《往日的美好時光》。

故人舊誼，何可忘卻？
再不想起？
故人舊誼，豈可忘卻？
何況往日的美好時光？
為那往日的美好時光吶，吾友，
且為那往日的美好時光；
你我且當舉杯對酌相親，
但為那往日的美好時光。

羅伯特·伯恩斯的文字，還有哀傷的曲調，讓愛爾西想起毛毛。她無比思念她的朋友。她一邊唱，一滴眼淚從臉頰滾落，於是她走到房間遠遠的另一頭，這樣就不會有人看見她哭。愛爾西不想毀了大家慶祝的興致。

只有女王看見女孩不開心，她從其他人身邊離開。這一對難以視爲朋友的組合，一同待在房間的角落，窗外的煙火照亮了她們。

「怎麼了，孩子？」女王把手放在愛爾西的手上，溫柔地問她。

「是那首歌。它讓我想起自己有多麼地想念毛毛。」

「說實話，《往日的美好時光》也總是會讓我有點想哭，」維多利亞女王回答，她老邁的雙眼起了霧氣。「它每次都會讓我想起我親愛的丈夫——亞伯特王子。我在三十八年前失去了他，可是我沒有一天，沒有一個小時，沒有一分鐘，不想念他。」

「他聽起來是一個很特別的人。」

「噢，他是呀，孩子。全世界最完美的紳士。」

愛爾西把她的另一隻手伸向老夫人，她緊緊握住了愛爾西的手。

「愛爾西，你看見那些煙火了嗎？」

「看見了，夫人。」

「那就是每一次我親愛的亞伯特進入房間時，我心裡的感覺。」

「那太美了。」女孩喃喃自語地說。

「是真的。到最後呀，孩子，我們都愛過了，也得到了同樣的愛。你還能再對生命要求什麼呢？」

「我想是的。」女孩回答。

「這是我所知的。愛爾西，你可以看看我這座皇宮，我這個國家，我這個帝國，它延伸到地球的四個角落，認爲我已經擁有了一切。可是相信我，孩子，沒有了愛，你就一無所有。」

女王爲自己舉起一杯香檳，給了愛爾西一杯檸檬汁。

「敬亞伯特。」愛爾西說。

「敬毛毛。」女王說。

鏘！

後記

認識長毛象

長毛象在亞洲、歐洲與北美洲漫步，最初在40萬年前出現。牠們不會太喜歡北極，因爲北極完全是由冰組成的，長毛象在那裡找不到食物。雖然如此，長毛象在冰河時期還存活著，可以撐過天氣非常惡劣的嚴冬。

牠們與今日的大象有些類似，不過還是有差異——主要是牠們的厚厚的、毛茸茸的棕色大外套可以讓牠們在嚴寒時保持溫暖。牠們有兩根尖銳的象牙，用來防禦獵人與掠食者。牠們也會用象牙挖掘雪地，尋找食物與水源。

科學家相信長毛象之所以滅亡，是因爲人類的獵捕，或是冰河時期將盡時的天氣變遷，或者兩者都是。史上記載的最後一隻長毛象住在北極海的弗蘭格爾島，也就是4000年前，和埃及人面獅身像的大金字塔被建造出來時是同樣的年代。

1.長毛象可以長到3英呎高，也就是兩個人站著疊在一起的高度。

2.一隻完全成年的公長毛象體重可達6噸重，是5台賓士Mini！

3.牠們的象牙可以長到4英呎長。

4.牠們是草食性動物，不吃肉。牠們的主食包含葉子、青苔、莓果、草和小樹枝。

5.長毛象是由母長毛象做爲領導者，群象共同生活和旅行。這一點就跟牠們的親戚一樣——現代的大象。

6.長毛象的平均壽命據說是60歲。

7.判斷一隻長毛象到底活了多久的最佳方式是看牠的象牙。從象牙上某塊交叉區域紋路的圈數，可以看出這一頭象的年齡。不過長毛象早

期的歲數不會被加進來，因爲代表這些年歲數的紋路會顯示在象牙尖端，可是尖端的象牙常被磨掉。

8.長毛象的尾巴和耳朵通常很小，這是爲了防止體熱從身體流失，也有助於牠們不會被凍傷。

9.歷史上首次完整記載尋獲長毛象化石的紀錄，是1799年一位西伯利亞獵人發現了長毛象骨骸，並於1806年把這具化石送到俄國的一間博物館。威罕·郭堤立布·提西爾斯用一隻

印度象的骨骸當作參考，成功的重組長毛象，只是他犯了一個錯誤——他把象牙插錯位置了，原本該是向內彎的象牙，卻朝左右兩邊彎曲了。

10. 年紀最小的長毛象發現者是一位十一歲大的俄羅斯男孩——葉夫傑尼·沙林德。他於２０１２年在他家附近散步時，發現一具遺骸。這隻長毛象就按照葉夫傑尼的小名被命名，叫做「眞亞」，不過牠的正式名字是「索普卡金斯長毛象」。

維多利亞時代的真實筆記

《冰原怪獸》是大衛．威廉想像的故事，所以你剛剛享受讀到的一些精彩故事，有可能不會在眞實生活裡發生。不過作者把故事設定在1899年，也許你有興趣多學一些關於維多利亞時代倫敦眞實發生的事情。

自然歷史博物館

自然歷史博物館花了七年的時間建造——最後於1881年對外開放。《冰原怪獸》的故事設定的1899年，博物館的正式名稱是英國博物館〈自然歷史〉，雖然一般人都稱其爲自然歷史博物館。博物館首次對外開放時，你可以在裡頭看見動物與人類的骨骸，還有礦石與乾燥植物的收藏，它們原來都是一位名叫漢斯．斯隆爵士的科學家擁有的。斯隆同時也因發明熱巧克力而有名。大名鼎鼎的梁龍化石複製品——或是你認識的迪皮（博物館中梁龍模型的名字）——其實一直到

1905年，才被捐給自然歷史博物館！1899年的時候，還沒有展示實物大小的鯨魚模型，只有一隻藍鯨的骸骨，透視圖是後來才被畫在一個彎曲的背景上。

切爾西皇家醫院

切爾西皇家醫院是一間退休照護機構，收容了大約300名英國退休老兵。它是1682年由查爾斯二世國王在泰晤士河畔的切爾西創立的，目的是要安頓曾在英國軍隊服役的人。在特殊場合和典禮上，一般稱爲切爾西年金退休老兵的居民們，會穿著醒目的絲絨外套，戴著三角帽。

坦克車

愛爾西和達蒂很聰明地把長毛象僞裝成一台坦克車。不過事實上，坦克車其實要到1915年才被發明出來，並首次用在1916年第一次世界大戰的西線戰事上。

齊柏林飛船

齊柏林飛船是以佛迪南・馮・齊柏林伯爵的名字命名的一種飛行器，伯爵是

1874年想到這個點子。他們在雪茄形狀的僵硬金屬外殼裡面，灌滿一袋一袋的氫氣，罩著布，底下還懸掛著稱做吊艙的座艙。第一個原型飛行器要到1900年才在德國出現。但到了1910年，這種飛行器已經被商業化運用了。

皇家海軍勝利號

勝利號於1765年啓航，在美國獨立戰爭與法國革命戰爭時服役。她最著名的事蹟可能是在1805年特拉法加之戰時做爲尼爾森勛爵的旗艦。《冰原怪獸》故事設定的1899年，勝利號眞的停泊在普茲茅斯港，她到今日也仍舊停泊在那裡。

阿爾戈英雄號

阿爾戈英雄號是隸屬於英國皇家海軍的一艘裝甲戰艦。1898年啓航，她在1900年被派到中國服役。在第一次世界大戰期間，她被用來當作醫療船。她在1920年被售出解體。

維多利亞女王

1837年6月20日，維多利亞才剛滿十八歲時就成爲女王。在位64年，直到她於1901年1月，八十一歲時過世爲止。在當時，這是歷代英國國王或女王當中，在位時間最長的統治者。維多利亞1840年與來自薩克森—科堡—哥達公國的亞伯特王子結婚。亞伯特王子過世後，她對他非常思念，傷心到很少再出席公眾場合。

阿卜杜勒．卡里姆

維多利亞女王也是印度的女君主。她要兩個印度人來幫忙準備她的金禧慶典，穆罕默德．阿卜杜勒．卡里姆1887年抵達溫莎堡。他教導維多利亞女王烏爾都語，同時成爲第一位侍奉她的印度祕書。

倫敦的天氣

雖然1899年冬天時常下雪，但泰晤士河並沒有結冰。事實上，從1814年起，泰晤士河就沒有再結過冰了，從那時起也只結冰過一次，一部分啦，就在1963年的冬天。